U0902453

Never trust a callboy

阴谋与爱情

［德］J · B · 卞若琳 著

纳青苗 李倩 译

天津出版传媒集团

天津人民出版社

/1/

又下雨了！没完没了！我还没完全清醒，只觉得头脑昏沉、如坠云雾，而这些纷杂的念头仍然在脑海中盘旋。该死的安眠药。

“你不能再吃安眠药了，塔玛拉，”我喃喃自语，“长此以往肯定伤身。”我疲惫地闭上眼。自言自语让我筋疲力尽，甚至连睡觉都让我筋疲力尽。我叹了口气，翻了翻身，再睡 5 分钟吧，就 5 分钟。

再次醒来时，雨点还在温柔地敲打着玻璃窗。我必须起床了。我恹恹地任由这个想法一点点渗透到我那半梦半醒的脑瓜子中。这根本无济于事，但我总得开始我的一天，不能就这么一直昏睡不起。

顶着一双半闭半睁的睡眼，我摸索着走进了洗手间。我刻意不照镜子，因为我完全可以想见自己的那副鬼样子。我打开水龙头，捧起大把大把的冷水胡乱泼到脸上。这招通常都能驱散我脑海中因服用安眠药而腾起的层层雾障。过去两周以来，若离了那些看似无害的小药丸，我便整夜整夜不得安宁。再这么下去，我早晚会安眠药成瘾。

可是，这一切该结束了！昨晚，趁思维尚算清晰之际，我决定设法平息未婚夫罗恩和母亲之间那无休止的争吵。是时候让这二位像成人一样行事了。不过，要如何做到这一点，我还真没想好。我们的婚礼已近在眼前，而他俩之间的剑拔弩张也愈演愈烈。我总是为了迁就他俩的臭脾气而忙得团团转，如若不然便又将时间都虚耗在了生闷气上，因为这两人压根儿就不关心我对自己生命中最美的那一天有怎样的设想。这简直要变成我最可怕的梦魇了！难怪我再也无法好好入睡。

一阵门铃声打断了我的思绪，但我无意前去开门，爱谁谁。我衣冠不整、素面朝天，更别提那满屋狼藉了。罗恩昨天去外地出差了。他前脚一走，我们家就以迅雷不及掩耳之势乱作一团。我不知道怎么会这样，可每次他刚一出门，所有房间就通通变得跟战场似的，到处摊散着我的个人物品。

旋律优美的门铃声再次响起，但就这个点儿而言，着实太吵，直刺我思如乱麻的脑袋。这人一定是疯了！他会意识到屋里没人的。我意已决，就不开门。于是我伸手拿出化妆品，开始把自己的脸整成一张完美无瑕的面具。就在这时，来人开始砸门了。这位不速之客可真要把我烦死了！我想摔上卫生间的门，以换得片刻安宁，可我的手才伸到一半，耳边便响起了那决定命运的几个字：“警察，开门!”

警察？我伸出去的手僵在了半空。这可不是什么好事。希望罗恩和母亲一切安好……又或者他们是冲我来的？这个念头刚一萌芽，便迅速在我心内洇出一片黑影。也许我最好假装不在。虽说我和警察之间的纠葛都已沦为陈年往事，可即便现在再看到警察，哪怕只是远远望见，我还是会阵阵反胃。“开门!”

该死！对方听上去蛮严肃的。我极不情愿地迈出了步子。有一点很确定：警察这个时间找上门来，准没好事。

“稍等，就来。”我大喊一声，好让他们别再那么热火朝天地砸门。我一边暗自咒骂，一边匆匆下楼。他们就不能过几分钟再来吗？至少让我有时间边走边披上件体面点的衣服，总好过满是破洞的T恤和老旧无比的慢跑裤。

一下楼，我就开始鼓捣那一大堆把前门锁得严严实实的门闩、门锁。终于，最后一把锁打开了。

我想都没想就拽开了门。

一瞬间，刺耳的警报声席卷了我的耳鼓。

“该死!”

我慌忙输入密码，终断了噪音。

“抱歉，我老忘。”我带着歉意的微笑，转身面对门口的两位警察。光是扫一眼他们身上的警服，就足以令我心中警铃大作。

“您是克雷默夫人吗？”年长的警察问道。一密密匝匝的花白胡须，让他看上去有点像圣诞老人，一位迷了路又来得不是季节的圣诞老人。

“还不是呢。”我是想这么说，但没机会开口，因为他不等我回答又自顾自地接了下去。

“我们接到了一个紧急救援电话。”

“紧急救援？”

“是的，急救调度中心接的警，是匿名来电，说你家被盗了。”

“被盗了？”我鹦鹉学舌般地重复着他的话，一时没明白这是什么意思。而等我回过神来，只觉得大为光火。哪个傻瓜报的警？这一大早的，我可没心情开玩笑，何况还得素面朝天地面对两个警察。可我若真是全然未施粉黛，那反倒还好了：如果我没记错的话，刚才仅仅只在半张脸上略打了些粉底，另一半还因为缺觉而苍白无光呢。还有，我都不愿去想我那乱成鸡窝的头发了。

“我家没进贼，”我说道，“相信我。如果有人溜门撬锁，我会知道的。你们也看到了，这房子的安保措施比最高设防的监狱还严密。”我挤出个笑脸，指了指刚刚摁过的数字键盘。

“我想我们还是进去检查一下为好。”

休想。

“不用了，没必要。真没必要。我先生在家里安装了最新式的安保措施。没人能神不知鬼不觉地溜进我家。一定是有人恶作剧。不过，谢谢你们这么尽职尽责。真的很感激。”

“那好吧。抱歉打扰你了。”警察狐疑地看着我，但我寸步不让。除非他们有搜查令，否则我是不会让他们进门的。显然，他们看出了写在我脸上的决绝，因为几秒钟之后，他们扶了扶警帽，转身离开了。

他们走了！我大声地叹了口气，关上门，倚在了墙上。我的心跳开始放缓，慢慢降到了一个还算正常的节奏。

很久以前，我和警察之间有过一些纠葛。那时我是一名政治激进分子，积极投身环境保护、教育平等和第三世界等各种运动。不过，这些并没给我带来任何回报，反倒让我惹上了执法部门，还有我父亲。忽然间，当时被捕、遭临时拘留的画面一一闪过眼前。这事曾在媒体上掀起轩然大波。

那本身不算什么。真正让我难过的是，当我的朋友纷纷从媒体上得知我父母非常有钱时，他们开始与我划清界限、拿我当外人。突然，我成了一个被宠过头的富家小姐，出于无聊而投身政治运动。

我也不是头一回遭这种白眼了。上学时，同学们就因为我家里有钱而排斥我。但经过了这么多年，我想我已经学会该怎样应对这种偏见了。

然后，就得说到我父亲了。我被捕后，他的反应真让我始料未及。不过我早该料到的。即便现在，他的行为对我而言仍像一种背叛。带着新的使命感，我站直身子，不再斜倚着墙，努力将父亲的影子从脑子里彻底赶走。

咖啡！我迫切需要来点咖啡因，好让自己赶紧忘掉今天这倒霉的开始。于是，我沿着长长的走廊往厨房走去。

不幸的是，我的计划泡汤了，因为设在厨房和起居室之间的早餐台旁，坐着一个陌生人。

他的出现让我猛地站住了脚，失声惊叫。那是什么人？更重要的是，他在这儿干什么？

这位入侵者对我的惊叫毫无反应。这也难怪，因为他看上去像在熟睡。他的脑袋趴在光亮的台面上，姿势非常奇怪。不过，还有……

在他颜色鲜亮的夹克后面，有一个非常醒目的黑点，清晰可见。我认识那种铁锈色，但我还是努力为它寻找一个合理的解释。也许他靠到了一堵脏兮兮的墙上，无意间把自己的夹克弄脏了。也许……他已经死了？

他看上去似是死了。已经死了。

我迟疑地向前迈了一步。

“你还好吗？”我小心翼翼地低声问道。他当然听不见。我轻咳一声，又道：“喂？你醒着吗？”

愚蠢的问题。我再没见过比他昏迷得更深的人了。毋庸赘言，他早已回天乏术。我随即注意到他的双眼正直勾勾地盯着前方的天花板，就好像那里有什么东西让他为之沉醉、为之目不转睛。

我的额头上开始渗出豆大的汗珠，冷汗，全是冷汗。我的心跳开始加速，呼吸也随之变得异常急促。显而易见，我的直觉是对的。这个不知怎么进到我家的陌生人不仅仅是死掉了那么简单。没错，他是突然死亡的，而且并非求死。否则便是他自己在夹克后面扎了个洞。一件被血浸透的夹克。

我闭上眼睛想让自己冷静下来。我试了几次深呼吸。无济于事。但我很庆幸自己还能喘气。我必须报警。是的！我曾躲过了因人身侵犯而致的牢狱之灾，但现在我可能会因谋杀而锒铛入狱！

光是想象一下那审问的场面，便已让我的双腿如枯叶般颤颤巍巍了。

经过好一阵子的自我安慰，我终于有勇气站起来，踉踉跄跄地去打电话。电话就在走廊中间的一张小几上。我正欲拨号，脑中突然闪现出自己和警察说过的话：“没人能神不知鬼不觉地溜进我家，这房子的安保措施比最高设防的监狱还严密。”

我垂下手，手里犹自握着听筒。如果我现在报警，他们会认为是我干的。

/2/

也许我搞错了！这一切很可能是安眠药引起的幻觉。我得看看包装上那没完没了的副作用说明，到现在我还一次都没看过。我敢说幻觉一定是长期服用安眠药的诸多恶果之一。果不其然，榜上有名。那，刚才的一切一定是幻觉。

此前我怎么也不会想到，有一天我居然会暗自庆幸自己有那么点心理障碍。重新找回了勇气，我赶紧沿着走廊原路折返。我迫不及待地要消除这个误解，将它彻底扫地出门。我一开始就应该想到这一点的。我再也不吃安眠药了。绝不。

该死！那个陌生人，那个不知怎么死掉、又不知怎么进到我家的陌生人，还是一动不动地坐在厨房的高脚凳上。

“我现在到底该怎么办？”我冲着那死人大叫起来。但他当然不会回答我。

我突然感到一阵天旋地转，随即痛苦地呻吟了一声，一屁股坐到厨房的地板上。我无力起身，更无力去做该做的事——给警察打电话，向他们解释为什么我会谎报军情、信誓旦旦地告诉他们家里一切正常。我当时不可能知道真的有人闯进了我家。报警系统是开着的！毋庸置疑。事实上，我在给警察开门前就应该先关掉它。

所以一定有人瞒天过海地进来后又离开了，根本没有触发报警系统。这个人一定知道密码。而这世上只有三个人知道密码：罗恩、妈妈和我。

罗恩或是我！凶手就在我们当中，而我百分百确定不是我干的。那还剩下唯一的可能：罗恩。除非妈妈那大嘴巴把密码告诉了别人。不，不可能。妈妈是很健谈，口若悬河，但她绝对不会泄露密码。

我摇了摇头，努力摆脱这些猜测。罗恩不可能杀人，更别说我和妈妈了。这一切一定另有原因。

我认识这个人吗？到目前为止，我只是隔着两三米的距离远远看过这位陌生人，便想当然地认为自己不认识他。但万一不是这样的呢？他侧着脸趴在早餐台上，并不容易辨识。

我蹑手蹑脚地向他走去，每一步几乎都是用前脚尖贴着后脚跟缓缓地挪动，谨慎万分。我后背一阵发凉。这是我第一次直面死人。

愈是接近他，我的脚步便愈是不由自主地缓了下来。

轻点，再轻点。我屏住了呼吸。他已经死了，没法对我怎么样。话虽如此，我还是非常害怕。

我继续一点一点往前挪。

还有一步之遥了，然后……我与他面面相觑。他有一双蓝眼睛，深蓝色，很漂亮，和他的黑发形成奇特的对比。他嘴巴微张，似乎有话要说。

我以前从未见过此人。

这一切究竟是怎么发生的？我竟然丝毫没有察觉？

“我该怎么办？”我不知所措地摇着头，退后几步，却丝毫没敢移开视线，我怕他会突然动起来，向我扑来，就像恐怖电影里那样。不！我可不会让自己受到那样的袭击。我不会傻到背对一具坐在自家高脚凳上的死尸。

突然间，一个雪上加霜的念头猛地窜出脑海，化作一记重拳打得我肠穿肚痛，随之而来的恐惧紧紧地攫住了我。

万一杀人犯还在我家呢？万一他正伺机再次行凶呢？

我闭上眼睛，竭力将注意力集中到呼吸上。我不能再这么抖个不停了，更不想吐得稀里哗啦。吸气，呼气，吸气……没那么难嘛。毕竟，这是我这辈子每时每刻都在做的事。吸气，呼气。

/3/

客房的门咣当一声撞到墙上，又大力地弹了回来。“啊!”我怒声惊叫的同时，还听得一声震耳欲聋的巨响。我一脸茫然地盯着自己刚从罗恩床头柜里掏出的手枪。这玩意儿居然上膛了！而且就连保险栓都没扣上!

罗恩怎能这么不负责任？竟然在抽屉里放了把随时都会走火的枪?

“残忍的傻瓜。”

我龇牙咧嘴地揉了揉仍旧吃痛的胳膊，刚才被门撞到的地方已经现出了一大块淤青。然后，我的目光从胳膊到脚一路往下，最终落到了躺在脚边的手枪上。该死！若稍有疏忽，我会把自己的脚趾崩掉的。我对这玩意儿一窍不通，都不知道该怎样才能万无一失地把它拿在手里。尽管如此，我最好还是把它捡起来。我俯身拾起枪，让枪眼冲上，这样顶多也只会把天花板打个洞。紧接着，我慢慢走进了房间。

我迅速扫视一眼屋内，目光被墙面上的小洞吸引了片刻。那是刚才手枪走火的战果。或许，我最好在那里挂幅照片。接着，我又检查了床底、衣柜。任何可能藏身的地方我都没放过。但一无所获。除了墙上多了个洞以外，一切都正常得不得了。

半小时后，我终于敢确定家里除了我，再没有其他人了，当然，还得算上那位死者。哪怕是小人国的小矮人也没法逃脱我地毯式的搜索。经历了走火的小插曲，我变得小心多了。我逐一打开了家里所有的房门，只是全然不似劳拉·克劳馥[①]那般英姿飒爽。最难对付的地方非地下室莫属，里面不仅有很多黑暗的角落，还有一大群蜘蛛。

深吸一口气，我斜靠在走廊的墙壁上闭目养神。至少，现在我确定杀人犯不在家里了。但还有一个问题：是谁报的警？更重要的是，为什么？

这个念头如寒颤般蔓延开去，令人毛骨悚然。可一波未平一波又起，另一个更为恐怖的猜想接踵而来——如果罗恩的手枪就是凶器呢？

现在这倒霉玩意儿上可沾满了我的指纹。

我试着再次梳理自己的思路，我需要厘清这一团乱麻。

那么，为什么我应该报警？因为一般人发现了尸体都会这么做。接着，我又花了几分钟苦思支持报警的理由。

那么，相左的意见又有何说辞？不应该报警的缘故是：

警察站在我家门口时，我并不知道家里有个陌生人。我郑重其

---

① 劳拉·克劳馥，电玩游戏《古墓丽影》女主角。

事地告诉他们，只有我一人在家。

我不知道这人怎么进来的。

也不知道是谁杀害了这位不速之客。

好吧，也许现在报警还为时过早。

/4/

我穿过湿漉漉的草坪，往屋后的角落走去。我花了好一阵子才平静下来，虽不至于像刚才那样继续缩坐在地板上，脱力地倚着墙，吐得五脏六腑都快呕出来了，但到底也只勉强定了定神而已。

无论如何，我利用这段时间做了一个决定。而事实上，这个决定并未激起我丝毫的热情，反倒让我觉得自己一定是疯了。可是，我又实在想不出更好的解决办法。这就是此刻我正徒步穿过自家庭院的原因。夜幕已经降临，日间清爽的斜风细雨悄然云收雨霁，唯有令人窒息的闷热仍留守这漫漫夏夜。

纵是不情不愿，但我仍很快便来到了花园一隅。这个角落里长满了盘根错节的老树。一株长势葱茏、枝条垂地的杨柳为这里平添了几分阴郁，让人恍如置身墓地。

现在我要把尸体拖出来。只是这么一想，我便已然觉得恶心难当。可我别无选择。我已经绞尽脑汁另谋他路了，但是有一点很确定，如果我报警，我就会成为警方的头号嫌犯。

我自是希望能有数天的余裕来处理这个问题。这么重大的决定，当然得深思熟虑。但眼下我不得不当机立断。万一妈妈突然想我了，决定来看看我怎么办？又或者我的哪位朋友一时兴起呢？

不行，必须快刀斩乱麻，哪怕我还没完全想好到底该如何行动。

也许，我还是应该去一下警察局？可刚一动念，一系列画面便接连浮现眼前。我戴着手铐，坐在警察局的一间小牢房里，被逼向他们解释为什么那把枪上到处都是我的指纹。

罗恩看上去担心死了，反复申辩着："塔玛拉绝对不会杀人，绝对不会！"

我父亲正接受电视采访，口口声声地表示他很遗憾未能教育好自己的女儿。就像上次一样……

这段记忆带给我一种熟悉的感觉：决心。我不会让自己承担莫须有的罪名，绝不重蹈覆辙。

可是，就像过去司空见惯的那样，这义无反顾的决心马上就被怀疑所取代。我一定是疯了。彻底疯了。

我宽慰自己，我确实有能力实现这个荒唐的想法（除非随后我能想出更好的办法），然后转身回屋。只是着手计划如何将那个陌生人埋在花园里而已，不会有什么麻烦的。而且，做计划还能帮我抑制内心的焦虑。我已不似刚才那般颤抖连连了。至少，我找到了一种让自己平静的方法，虽然不是很管用，但至少能让我做点什么，而不是一味坐在角落里哭哭啼啼。

稍感放松后，我便立刻决定换锁。我正要给锁匠打电话时，一阵尖锐的铃声划破了家里的寂静。我的心开始突突狂跳。

“不过是电话铃嘛！”我大声说着，好平息自己狂乱的心跳。“这不知好歹的破电话。”该死的！我可不能浪费时间去接无关紧要的电话。不过看到来电显示，我还是接了，是妈妈。

“塔玛拉，你怎么没回我电话啊？我跟你说啊，我发现了几幅特别棒的窗帘。我过会儿就给你带些样品过去。”电话一通她便自顾自地说上了，我甚至连句“您好”都来不及说。

过会儿？那是过多久？

我连忙出声打消她这念头：“您现在不能来！”

“为什么？我已经在路上了。”

“您已经在路上了？”我强忍住想要在电话里大吼大叫的冲动。“真的不行啊。我马上要出门了。我一整天都约了人。您明后天再来吧。”或者下星期，我心下补充道。

“没关系，宝贝儿。我就过来待几分钟，看看颜色是不是搭配。你忙你的，不用陪着我。”

“不行！”

“你今天这是怎么了？”

“我……我有点忙。家政要来打扫卫生。我还要和喜宴承办方商量菜单。装修商也想让我定下意大利瓷砖的事。”我本可无休无止地列举下去，但我已经有些喘不过气来了。

“我过来和你一起见见他们，不是更好吗？”

我的个妈呀！我搜肠刮肚地寻找能说服妈妈的解释，让她接受为什么一个一心想要帮忙的老妈应该远离这些重要的商谈。而且，我昨晚的确已经下定决心，不再对她的事事插手逆来顺受了。所以，我要和她摊牌。她必须停止干涉我的生活，尤其是像结婚这样的重大决定。另外，家里还有具尸体，无论如何也不能让她发现……

“最好还是别来了。真的，您真是太贴心了。可我中间还得抽空去做个头发，然后还得去奈杰尔家一趟。他希望我一度完蜜月就去他的画廊上班。”很好，至少我迈出第一步了。我刚才确实说“不”了，算是吧。

“随你便吧。”这几个字一如既往地传递出了她丰富的情感。我能想象她一脸责备地站在我面前，无声地指责我犯下了滔天大错。而这一次，她可能还真说对了。

妈妈冷不丁地挂掉了电话。她还是老做派，连再见都不说。我深深叹了口气，跌坐在沙发里。九死一生啊。通常来说，一旦她上了路，就没什么能让她回头的了。不管怎样，我必须把尸体搬出去。万一妈妈改变主意非来不可呢。但首先，我得叫个锁匠来。我要换新锁，今天就得换！

“该死，该死，该死！”这一连串的咒骂是目前唯一能稍微帮我解解压的方法了。

“那破玩意儿跑哪儿去了？”我把车库翻了个底朝天，就是找不到那块泳池盖布。罗恩很可能把它塞到哪个盒子里了。几小时后，至少我觉得已经过了好几个小时了，我的目光锁定了一包叠放整齐的蓝色物品，它正静静地躺在远处角落的一个高架子上。

这块防水布已经破破烂烂的了，我们早就打算扔掉了。现在，它有了绝妙的用武之地。没人会惦记它。罗恩会理所当然地以为它被丢进了垃圾桶。没人能想到里面会裹着一具渐渐腐烂的尸体。而这塑料估计就算过上一百年也不会降解。

但这无关紧要。我现在哪里有心情关心什么环境污染问题。我转而戴上园丁手套，把防水布拖出车库，又沿着露台一路拖进家里，直奔早餐台而去，最终将它放到了还坐在高脚凳上的死人跟前。

好了。深呼吸。再来一次。他已经死了。我不会弄疼他的。我要做的就是把他从椅子上翻下来，放到防水布上。没错。

但听得砰的一声闷响，他摔到了塑料布上。我胃里一阵翻搅，张嘴便吐了出来。脚下的白地毯幸免于难，但旁边的大花盆却不幸中招。过了好一阵子，我才不再眼冒金星了。此刻，我几乎都开始叹息自己又能行动自如了。从某种意义上讲，软弱无助地站在一旁反倒更舒服些，因为那样我就能堂而皇之地袖手旁观。

但现在，我必须把他弄到花园去。虽然我知道此刻自己别无选择，可就是下不了手。经过一番漫长的心理斗争后，我终于设法把半面防水布盖到了他纹丝不动的身体上。至少现在他被遮住了，只能看出身体的轮廓，不用再被他死死瞪着，感觉真是好多了。接下来，我抓起防水布的一角，离尸体最远的那一角，然后就这样一股脑拖着往前走。

我还没走到露台，便已似蒸桑拿般大汗淋漓了。

我停下来歇口气，擦擦汗，然后继续前进。至少还得再拖 100 米，以我这样的速度，得花上一整天。

然后，我听到了那声音。又来了！

门铃声。

该死，该死，该死。如果又是警察，那我就彻底完蛋了，这辈子都得待在监狱里了。

/5/

尸体必须挪走。至少得放在从露台望不到的地方。我感觉自己就像当年的华裔劳工。此刻，我终于体会到用黄包车载着肥胖的游客四处转悠是什么滋味了。

门铃再次响起。该死，就剩 5 米了。突然，我听到了一个足以让后颈上的汗毛根根倒竖的响动。

门锁被打开了。一个接一个。我们家大门仿若诺克斯堡①般层层设防，因而开门的动静总能清清楚楚地传到露台上。一定是妈妈。

2 米。

前门上方的大门闩发出吱的一声。罗恩一年前就该给它上油了。

1.5 米。

现在只剩下最顶上的那把锁还在苦苦支撑。那声响微乎其微，

---

① 诺克斯堡是美国国库黄金存放处，戒备森严。

难以捕捉。不过我发誓我还是听到了那轻微的咔哒声。现在，她进来了。

1 米。

我猛一用力，将防水布一下子拖过了拐角的那最后几厘米。我立马撒了手，狂奔进屋，急刹车般一路滑到了妈妈面前。她上下打量着我，眼睛睁得老大，一副难以置信的样子。她张开嘴巴，想要说点什么……转瞬却欲言又止地闭上了。显然，她是一时语塞了。真是奇迹。

“塔玛拉，你看上去太可怕了！”

多让人失望，她还是找到话说了。我一只手揩着脑门上的汗，另一只手试着把头发扎起来。不过，从妈妈的表情看来，这么做并没让我的样子有什么改观。我几乎可以打包票，妈妈就算看见那具尸体，也远不如看见我现在这个鬼样子来得愕然。

“我刚才在花园里忙着呢。”

“那不都是罗恩的事吗？”

“他周三才回来。我想赶在那之前搞定。”

“有必要吗？你看上去……我都不知道该怎么说了。简直没法形容。我从来没见你这么可怕的样子。”

“外面又热又潮。在这种天气里忙活半天，您还指望我是个什么样子？何况我可是拖着个尸……湿乎乎的垃圾袋走了一大圈？”

“别没大没小的，你最好先去冲个澡，我再给你看窗帘。”

“您刚才说好明天再来的！”

“我都出来了，怎么样也得经过你家。没理由明天再跑一趟，白白污染环境。”

是的，没错。当然了！我们家位于住宅区的中心地带，妈妈若非专程来看我，不可能顺路经过。

“洗澡去吧，”她皱了皱鼻子，“你闻上去一身汗臭。”

这可真是妙极了。把妈妈一人留在那里，而几米开外的车库后面就藏着一具尸体。那情形，想想都让我胆战心惊。她有很强的第六感，就好像身体里内置了雷达似的，我想隐瞒的任何事都逃不过她的法眼。我的目光继而落在了她的鞋子上。奶油色的细高跟鞋。也许，上帝开眼了。

“你的家政现在应该到了吧？好像……”妈妈的目光钉在了翻倒的高脚凳上，我刚才拖尸体时碰翻了它。

“那又是怎么回事？”她指着花盆问道。

“是猫干的，邻居家的猫，那家伙一定是半夜溜进来了。我非杀了那该死的东西不可。”

“塔玛拉！”妈妈吃惊地看着我。不是因为我想杀了那只猫，而是因为我刚才的咒骂。我通常不会这么说话……至少，当着她的面不会。

“唉，那真是一场可怕的噩梦。”我的天啊。

“你最好现在就去洗澡，你都开始胡言乱语了。”

虽看不到她的脸，但我仍敢肯定，她一定一边目送我走开，一边轻轻地摇着头，无所谓，我实在是精疲力竭，不想和她正面交锋了。说真的，家里就我和那具尸体时，反倒还好过些。

一看到镜子里的自己，我立马明白了妈妈的惊愕。我看上去就像个疯子。不久前，我还勉强算有个发型，而此刻脑袋上就像顶了一个凌乱的鸡窝。我的脸颊上垂着两条乌黑的印记，另有两个同样深的黑眼圈与之遥相呼应。看来我早晨确实只化了一半的妆就跑去给警察开门了。好在以我现在的处境，这根本算不上什么，几乎可以忽略不计。

我叹了口气，开始清洗浑身的污垢。然后，门铃响了。又来了！不过我继续搓我的澡。如果这世上尚有一人能赶走不速之客，那一定是我妈。

“塔玛拉？有人来了，说是来安装新锁的。”见我下楼，妈妈说。

一位身穿深蓝色工作服的人站在她旁边，胸口绣着“快速开锁公司”几个红字。

“没想到你不到一个钟头就来了？”

那人咧嘴一笑，指了指衣服上的公司名。“我们是最快的，也是最好的。”他打了个广告。

真棒！今天太阳可真是打西边出来了，第一次让我遇上一个这么快就能到家到户的手艺人。我能感觉到妈妈疑惑的眼光像把利剑，正一层层地穿透我。我知道她脑子里在琢磨什么。我可得想个好托词。

“前门的锁全部都得换，需要多长时间？”

他看着那一大堆用来保护银行保险柜都绰绰有余的门锁，陷入了沉思。我不能怪他。罗恩在原装门锁的基础上又加设了一把安全锁、一个门闩和一套报警系统，连我都觉得他有点夸张。

"两个小时，起码。"

两个小时？"如果你能用 1 个小时搞定，我给你 100 欧。"

他咧嘴一笑。"好咧，包您满意。"

"塔玛拉，你疯了吗？你这是想把家里的钱往窗外撒吗？"妈妈是死了都要省的人，哪怕花的不是她自己的钱。不过，这样至少能分散她的注意力，让她无暇顾及真正的问题。

"我今天没空，我已经告诉过您了。样品在哪儿呢？"

她带着不解的表情，摇了摇头，打开了窗帘样品。我如释重负地舒了口气。我做到了。尸体藏得严严实实，而妈妈此刻正全神贯注于她最爱的主题，一心一意地想着要如何布置装点我们的家。不过，我不明白自己为什么会冒出这么傻的主意，非要赶在婚礼前装饰起居室。

"你不觉得这种优雅的紫色和你们的白沙发简直就是绝配吗？"

"呃，是的，不是的。我们想买套黑沙发。黑色铬鞣皮沙发。"这样的话，指甲粉掉到沙发上就不容易留下污迹了。

妈妈目瞪口呆地看着我。"黑色？铬鞣皮？你明明不喜欢的啊！"

"我觉得我们的家具一点也不时新。黑色和铬鞣皮革都是目前的潮流，再配上银色的窗帘，一定美极了。"说着，我把她往前门推去，"对不起啊，本来应该提前告诉您我改主意了，可我是今天上午才临时决定的。"确切地说是在我发现了死尸，脑中不停闪现友好的警察为我戴上手铐、往家具上撒粉取证的画面后。"您真得走了。花商随时都会登门，还有喜宴承办方……”还有谁呢？今天早上还有一位意料之外的来客。

“好吧，不过我们今晚得再谈谈，塔玛拉，你很不对劲，你确定你没事？”

“是的，是的，一切都好。我没事，就是今天有点小压力，这星期过去就好了。”

终于，她走了。

锁匠在门前忙得跟疯子似的，他应该很快就能完事。

/6/

待锁匠也离开后，我驱车来到园艺中心，买了几平方米的草皮，准备用它来覆盖即将出现在花园里的坟墓。尽管我确实在筹备着掘墓，但在内心深处，我真诚地祈祷这一切不要发生。我希望上帝慈悲为怀，让这具尸体消失于无形。

完成采购后，我在车里一动不动地呆坐了近一刻钟。我必须回家，可那是我现在最不想去的地方。每逢生活中遇到大难题，我通常都会去找娜娜，我的外婆。但这次实在太棘手，我不想把她也牵扯进来。况且……我还没准备好和任何人提及此事，也没心思进行那些无关紧要的闲谈。

过了一会儿，我鼓足勇气发动了车子。我要进城，在林立的学生咖啡馆中选一家，喝上一杯咖啡，没准还会吃点东西。

“一杯发泡酒、一份九号套餐和一杯牛奶咖啡，谢谢。”我对服务生说道，心下窃喜竟然能在信天翁找到座位。这是位于法兰克福学生聚居区的一家小咖啡馆。没过多久，我点的东西便悉数摆上了桌。我的手还在颤抖，所以不得不用双手紧紧环住玻璃杯。我慢条斯理地啜饮一口。或许这红酒能让我的神经松缓下来。毕竟，到现在为止，我还没采取任何决定性的行动。

慢慢的，酒精开始发挥作用了。这是我今天第一次觉得稍微好受些了。我小心翼翼地试了口面包，希望自己现在真能吃下点东西，不至于一下子全吐出来。我又咬了一口，因为刚才那口让我意识到自己已经饥肠辘辘了。

我好像几辈子都没吃东西了，最后一餐是昨晚某个时候吃的。今天，厨房里的尸体让我食欲全无……好吧，还是想点别的吧。

为了转移注意力，我拿起一本杂志浏览起来。但我一个字都读不进去。那些文字毫无意义地在我眼前胡乱飞舞，字不成字句不成句。我叹了口气，把杂志扔到一边，转而顺着大阳台的窗户望了出去。外面是一个小公园。学生时代，我经常在这间咖啡馆露台下方的公园里闲坐，一坐就是好几个小时，一边喝着咖啡，一边和朋友们热烈地讨论最近的考试或是某位有失公平的教授。这里也是我初遇罗恩的地方。

我第一眼见他时，压根儿没想到他会对我感兴趣。他很帅、很男人、很自信，和我此前约会过的男人截然不同。罗恩清楚地知道自己想要什么，更清楚该如何得到。

带着恍惚的微笑，我的目光在花园里巡睃。我想起了那个炎热的夏夜。那时，我们才刚认识两周。我去了罗恩的空中别墅。那里可以俯瞰整座城市，风景美到令人窒息。但那丝毫无法吸引我。唯有罗恩才行。他的目光紧紧地攫住了我。屋里一直流淌着音乐，但我置若罔闻。除了罗恩和我，其他一切似是都不复存在。

“你真美。”他终于悄悄地开了口。他一直凝视着我的眼睛，指尖沿着我面庞的轮廓轻轻游走。我暂且闭上双眼，享受这美妙的碰触。它唤醒了我所有的末梢神经，宛若一股炽热的熔岩。

紧接着，我的双唇上掠过一阵轻柔的触感，一股大海的味道接踵而来。

盐。

他的手指继续向下游走，滑过我的下巴、脖子，直至抚上了衬衫的领口。他的指尖若有似无地擦过那薄薄的织物，并未触及我的肌肤。

一股浓郁的甜香撩拨着我的感官。我睁开眼，看到罗恩手里正拿着一个柠檬。

他用牙齿撕下了一块柠檬皮，优雅而娴熟。他微笑着俯过身来，舔掉我唇上的盐。然后，他吻住了我。

突然间，一股热切的渴望在我的心灵深处蔓延开来。我希望他此刻能在我身边，帮我应对这场飞来横祸。可他要到星期三才能回来，而我也不想在电话里和他讲今天的事。报纸上频频曝出通话被录音的案例。再说，我又能说些什么？我本来过得好好的，然后冷不丁从厨房里冒出了个死人？

一阵和缓的铃音把我从这些纷杂的思绪中拽了出来。是罗恩的短信。就好像他听到了我的心声，知道我现在需要他似的。

“一整天的背靠背会议，你今天过得怎么样？”

我过得怎么样？不怎么样！

但我不能告诉他，显然不能。如果我告诉他，他一定会想知道是怎么回事。尽管告诉他一切是我现在最想做的事，但我还是用眼前这点不言自明的琐事敷衍了他。“我在信天翁吃早饭。”我按下发送键，呆望着前方出神，丝毫没注意外面已经阴云密布、风雨欲来。明天，生活会一如既往。抑或不然？

死者是什么人？他怎么会在我们家？最重要的是，他怎么进去的？

真希望自己能不再想这件事了，索性彻底放空大脑，好好休息几个小时。但我做不到。这些问题如旋转木马般在我脑子里循环往复，搞得我都快精神错乱了。突然间，一个念头冒了出来，猝不及防地截断了这千头万绪：有一个极其重要的问题，我早就该知道答案了，我真是傻瓜。我只需翻看一下死者的口袋即可。也许他随身带着钱包。如果我早这么做，现在很可能已经知道他姓甚名谁了。只是想到要在一个死人的口袋里翻来找去，我不由有些反胃。我连忙起身，没等服务员过来，便直奔前台结了账。我开始觉得太拘束了，甚至有点幽闭恐惧症的感觉。我必须离开这里了。

走出咖啡馆时，雨已经下起来了。我往地下车库走去。下面黑魆魆的，有些瘆人。如果你像我一样经过了这么惊魂的一天，那你无论如何都会有同感的。我埋着头在鳞次栉比的车子间蜿蜒而行。刚一踏上两排车子中间的一条窄道，我便听到了一声刺耳的锐响，看来哪个傻瓜把这地方当成赛车场了。

尖厉的声响逐渐逼近。我赶紧穿过窄道，向我的车疾步走去，希望别被那位冒牌赛车手制造的汽车尾气给熏死。发动机的噪声越来越大。我环顾四周，开始紧张起来。就在这时，我和一辆黑色宝马车的车前灯来了个四目相对。这车直直向我撞来，没有减速。

现在我终于明白，为什么站在车灯前的小鹿会一动不动了。

/7/

危急之下，有人猛地将我拽到了一边。这时，宝马车贴着我疾驰而过，差点就擦伤我了。

“混蛋！”

我哆哆嗦嗦地转过身去。一位英俊的老绅士正笑眯眯地看着我。“你很幸运，小姐，这年头的年轻人啊，”他摇了摇头，“刚拿到驾照，就把自己当塞巴斯蒂安·维特尔①了。”

“谢、谢、谢谢您！”我结结巴巴，犹自惊魂未定。幸运的是，他讲话没有夹杂方言。不然的话，我没准一个字都听不明白。一腔歇斯底里的狂笑已蹿至我的喉头，但我连忙忍住了。如果我现在开始大笑，那铁定一发不可收拾。我会像被点了笑穴那样难以自拔。

“不客气。”说着，他扶帽致意，转身离开。

我立在车旁使劲深呼吸，却只觉胸部一阵紧缩，好似穿了件紧

① 塞巴斯蒂安·维特尔，德国 F1 车手，2010 年~2013 年四届 F1 世界冠军。

身衣。我又试了一次。好些了。慢慢的，呼吸越来越顺畅。我今天可深呼吸了好多次了。

那人说得没错，一定是哪个年轻人想试试当 F1 赛车手的滋味，没看见我。

如果闭上眼，我还能清晰地看到宝马司机的那张脸。黑头发，戴墨镜，至少 35 岁。算不上年轻。不过，没有人想杀我。肯定没有。

蒙蒙细雨为花园笼上了一层轻薄的面纱。雨水顺着柳枝滑落，滴在我身上。从咖啡馆回来又过了数小时，我在花园里检查地面情况，内心却企盼着此时此刻能躺在床上品味一本好书。但那绝无可能。我迟早都得把那具尸体埋掉。

我开始动手了，只是没什么热情。泥土又湿又重，每一锹下去都能见到蚯蚓在里面蠕动。挖了不到 10 分钟，我便已筋疲力尽，后背火烧火燎的。但我才刚开始，画好的长方形只下陷了几厘米而已。

我真想扔掉铁锹，爬上床蒙头大哭。这是我这辈子最倒霉的一天了，而现在也还望不到头。我必须振作起来。我告诫自己，以后有的是时间自怜自艾。我要一鼓作气把坑挖好，不再想任何分散注意力的事了。什么都不想！不论得挖多久，我都会咬牙坚持，这样才能彻底摆脱这令人不安的活儿。

有那么一会儿，我实在干不动了，连自我哄劝都不管用了。我彻底虚脱了。铲起的土一锹重似一锹，我几乎无法把锹中的土倒到一旁。我痛苦地哀嚎一声，扔下铁锹，踉踉跄跄地走到那棵垂柳下，顺着它粗壮的树干，脱力地滑坐在地。

我需要休息。就几分钟，然后就能继续了……

有种湿乎乎的东西滴落到我的脑袋上。一滴又一滴。我费力地睁开双眼。过了一小会儿，我才搞清楚自己身在何处。我大为吃惊，自己刚才竟然睡着了，还睡得很沉。我服用安眠药已有几个星期了，然后，在这里，在雨里，在寒冷中，在浑身疼痛中，我竟然睡着了。

我的目光落到自己刚刚挖出的那个惨不忍睹的坑上。就我现在这个样子，怎么可能挖完剩下的部分？我叹了口气，挣扎着起身。这可不行。不想锒铛入狱，就得继续挖坑。

好在雨势渐收，清朗的圆月在花园里洒下一片银辉。借着月光，我能看清自己在干什么。头顶的月亮又大又重，默默地陪伴着我。但紧接着，突然之间，周遭陷入了黑暗。一小片散碎的浮云遮住了洁白无瑕的玉盘，我唯一的朋友。一阵疾风越吹越劲。树叶沙沙作响。一根树枝应声折断。我听到身后传来一句低语。

那是什么动静？恐惧像铁拳一样，一把攥住了我的心脏。我停下来，仔细聆听。那边有人？我竖起耳朵竭力捕捉黑暗中的任何声响。

又有一根树枝断裂了，树叶发出沙沙的声音。我的心陡然提到了嗓子眼。一个讨厌的声音在我脑中低沉地说道：我正孤身一人守着一具尸体。

就算此刻死者的鬼魂出现，瞋目切齿地指责我不为他伸张正义反倒想把他一埋了事，我都不会吃惊。一个寒噤顺着我的脊背缓缓往下蔓延。突然，不知什么滑溜溜的东西碰着了我的胳膊。我慌忙退后了一步，一只脚后跟踩到了大坑边上，几经挣扎才勉强稳住了身形。然后，我听到了……一声压抑的尖叫。

几秒钟后，我蜷成一团，缩坐在坟墓旁边的湿地上，竭力让自己平静下来。过了半天，我才意识到，刚才尖叫的人正是我自己。什么事都没发生，没有，根本没有，如果我不断这么告诉自己，也许我就会相信了。

慢慢的，慢得异乎寻常，我开始觉得好受些了。只是大风作怪而已。就是这样。我蜷缩在一片灌木丛旁。不知何时，一片叶子划伤了我的胳膊。

我深吸一口气，站了起来，重新拾起铁锨。够了！我要埋掉这具该死的尸体，然后继续我的正常生活。

终于，这坑挖得够深了。我如释重负地舒了口气，把铁锨丢到地上，往树下走去。死者就在那里，距刚刚掘好的坟墓只有几米之遥。我把尸体拖到了坟边。

然后，我呆立在塑料布旁迟疑不决。我必须这么做。我为这事准备了半天。我必须把他埋掉。但是，在此之前，还有一件令人毛骨悚然的事情要做：我要搜他的身。没准我能找到线索，知道他的身份。

我真希望自己远在天涯。这是我今天第 100 次这样祈祷了。

我鼓足勇气把他从塑料布里拖了出来，尸体就那么直挺挺地躺在了我面前。我战战兢兢地拍了拍他的口袋，什么都没有，口袋似乎是空的。现在我可以重新把他放进防水布里，然后……

不，我必须要百分百的确定。

我咬紧牙关，把手伸进了他的一个夹克口袋里，然后是另一个。接着，我又搜了他的裤包，但还是一无所获。那么现在，我可以埋掉他了……这么做，无疑在道德和法律两方面都铸下了大错。

这个念头让我停了下来。我想了好久，到底要不要把我的计划付诸行动。真的就没有其他办法了吗？没有，我觉得就算是最厉害的律师也没法助我脱离眼前的困境。对我不利的证据太多了。

一股寒风掠过花园，我不由哆嗦了一下。好冷。我的衣服全都湿透了，紧紧贴在身上。雨还在下，就好像老天都在为逝者哀悼似的。也许这是件好事，想想看，要不然的话，他的葬礼上连一个人影都没有。当然，除了我。但我眼下的身份显然不是一位哀痛的生者。

我向这人道歉，为我没给他筹备任何仪式就将随便把他推进一个仓促挖好的坟坑里。我一定会弥补你的。我向他承诺。只不过，我不知道会在何年何月、以何种方式兑现这承诺。

哐当一声巨响，防水布落到了大坑里，尸体仍严严实实地裹在里面。我把土重新填入坑内，铺上草席，整平周围的地面，然后放下一切，回了屋。

/8/

我醒来时，感觉好像刚躺下似的。电话。该死的电话！我睡前就该把它关掉。

我有气无力地揉揉眼，尽力不去搭理那电话铃。终于，它不响了，很好，睡个回笼觉。

几秒钟后，我放在床头柜上的手机又震动了起来。该死！

是妈妈，当然了，还有谁敢这么早给我打电话？瞟了一眼闹钟，才 7 点半。

“我今天不舒服，明天回您电话。”我对着电话说道，不等她抗议就结束了通话。

再次醒来时，已是下午 3 点。睡了这么久，我还是觉得身上每根筋都火烧火燎的，此外还觉得自己脏得要死。昨晚我累得连澡都没洗。

我低声抱怨了几句，开始着手让自己恢复常态。流水不仅冲掉了身上的污垢，也一并带走了一想起尸首落入墓坑中的那声闷响便骤然浮现的不安。

不！还是想想窗帘吧。白窗帘也好，蓝窗帘也罢，就算是绿色的我也无所谓。我们需要的是三件套黑沙发。或许，今天我就可以去逛逛，明天也行，下星期也不晚。

从卫生间走到楼梯口的路上，我产生了一种不祥的感觉。那第一级台阶在我看来仿佛通往地狱之门。要是又有陌生人神不知鬼不觉地潜进家里来了呢？胡说八道！一切都再正常不过了。可我的腿还是不听使唤。这简直愚蠢之至，因为我的生活已经糟糕得不能再糟糕了。

我调动了我所有的意志力，迫使自己把右脚放到了最上面的那级台阶上，再把左脚拖上前来，迈下一级阶梯。然后，右脚……如此循环往复，一步步下到了走廊里。我脑中闪过一张死人脸，正嬉皮笑脸地看着我。这面孔仿佛在我脑子里生了根，怎么都挥之不去。我很想去厨房，但好像被一只无形的手拦住了一样。过会儿再去吧，现在我得清扫一下露台。我把湿乎乎的衣服塞到垃圾袋里，一股脑全扔进了垃圾箱。明天就是垃圾回收日。届时，昨晚最后的那点蛛丝马迹也将无迹可寻了。

我转进酒店停车场时，即将 5 点半，正好赶得上一周一次的厨艺课。尽管疲惫万分，我还是很高兴能暂时离开那个家，来这里避一避。也许下厨能让我的脑子关注一下其他事情。如果我专注于厨房里的活儿，兴许就不会满脑子都是它了，那具尸体……我实在需要找点事情让脑子运转起来，好让自己无暇顾及眼前的麻烦。

我报这个厨艺班本来是要给罗恩一个惊喜。他并不知道我一心想成为一位出色的女主人兼技艺精湛的大厨，好帮他张罗高档的商务午餐。不过，我已经发现这个决心实践起来比想象中难多了。我原打算自己为我们的婚礼设计精致的菜谱，然后亲自下厨，奉上一场完美的喜宴。可是过去这几个星期以来，请专业的喜宴承办商来搞定一切的念头日益强烈。没人需要知道美食究竟出自谁手。我很确定罗恩朋友圈里那些银行家的太太们，个个都能跟变戏法似的独自备下一桌 15 人的大餐。很不幸，我没那天赋。说实话，我对这项事业也确实热情不足。

可是今天，如果我能做件什么无关紧要的事，那一定就是它了。只要周围有人在，而我要做的就只是在不把酒店点着的前提下做出个焦糖布丁来，那我铁定能应付，虽然可能难免会手忙脚乱。

下车前，我检查了一下自己的妆容，娴熟地涂了层唇膏。我对镜子里的自己嫣然一笑，正准备再补点眼线膏时……不可能！眼线笔从我手中滑落，在洁白的衬衣上留下了一条黑道子。不过这我后来才注意到，因为此刻，我所有的知觉都在忙着化解我的愕然。但收效甚微。我瞪圆了眼睛盯着后视镜，即使令我呆若木鸡的那一对早已扬长而去。

“不可能，”我低声道，“亲爱的上帝，求求您，别让它是真的。”说实话，我觉得上帝不会听到的。最近，他有更重要的事情要做，远比倾听我的祈祷来得重要。

/9/

我如同行尸走肉般驱车回家。一路上，身体机械地重复着那些必要的动作，脑中却一遍遍回放着刚才的那一幕：罗恩和一个陌生女人手挽手地穿过酒店停车场，然后停下来，亲吻彼此。我仿佛已然看到了整件事的始末。我想象着他们走进酒店，躺在床上接吻。罗恩在她耳边低语，说他从未有过这么棒的性爱……想到这儿，我差点撞上树。但有什么东西，也许是求生本能吧，迫使我悬崖勒马，及时偏转了方向盘。

终于开回了小区。我走进门，任由前门在我身后自动上锁。我拖着疲惫的身体步入楼上的卧室，直接爬上了床。梦游的感觉一定就和这差不离。不太清醒，但也没真的睡过去。睡觉！这正是我需要的。潜入遗忘之境，暂且脱离这个世界。明天，当太阳升起时，一切都会好起来的。明天，我会意识到我只是做了场噩梦。罗恩还在出差。就像他对我说的那样。

罗恩正在布鲁塞尔！

这念头突然闪过我的脑海，但与此同时，我心中疑窦丛生，随后又顿觉内疚。我只是扫了一眼后视镜而已，怎么能这么确定和那个陌生女人在一起的人就是罗恩？

我用手背拭掉最后几滴泪珠。当然不是罗恩了！我的神经绷得太紧了。过去两天的压力，近乎彻夜不眠的夜晚，还有那如影随形的恐惧，通通都令我反应过度。难怪我现在如此手足无措，尽想些无中生有的事。罗恩还在布鲁塞尔出差呢！他只是长得像酒店停车场里的那个男人而已，情况就是这样。

想明白后，我撑起身子下了床，把毯子扔回床上，往卫生间走去。镜子里的俨然是个可怜虫：头发乱得一团糟，脸蛋红扑扑的，眼睛肿得跟灯泡似的，更不用说那皱巴巴脏兮兮的上衣了。

我用冷水扑面，想要冲洗掉自己一时崩溃的所有痕迹。虽是杯水车薪，但仍感觉略微舒服了一点。告别镜子里那忧伤的影子，我转身下楼。

一踏入地下室，我便打量起了眼前那些摆放得一丝不苟的高档酒，琳琅满目、品种繁多。所幸罗恩对这些价格不菲的红酒颇费心思，把它们放置得有条有理，所以我知道哪里能找到上乘的红酒。

我拿起一瓶，来到了起居室，取出一个酒杯，长叹一声，跌坐到椅子里。我慢条斯理地将瓶塞拔了出来，给自己倒上一大杯，豪饮了一口。那甘醇的酒香迅速在口腔里扩散开来。更棒的是，第二口下肚后，令人愉悦的放松感也如愿而至，整个人就像裹在一条舒服的毯子里。

不幸的是，这惬意的感觉没能持续太久。后视镜中那对情侣热烈拥抱的画面还是挥之不去。它不停地出现在我脑海中。而它每出现一次，我就举杯啜饮一口那与红宝石一色的佳酿。很管用……至少能管个几秒钟。然后另一段记忆又偷偷潜入我脑中。我听到一声枪响，是我不小心走火的那一枪。还好我已经在弹孔前挂了一幅画。我可不愿看到罗恩发现它时的反应。至于他的枪，已经擦拭一新，妥妥地放到我的衣柜底下了。

我感觉自己像个罪犯。

我就是个罪犯！

我不是，我心里有两个声音在互相抗辩着。是的，你就是！不，我不是！

从什么时候起，掩盖谋杀、知情不报不再算犯罪了？这个问题让我内心的自问自答暂停了一小会儿。然后，所有的一切开始转个不停。那些影像纠缠在一起，在我脑中盘旋不已。停下来！我想要这一切立刻停下来！

可是，它们转得更欢了。也许酒精不是个好主意，因为我开始失控了。我大口吸气，就像过去两天我常做的那样，通过缓慢而悠长的呼吸，竭力让自己平静下来，徒劳无功。我的脑袋仿佛充满了氦气，有种随时都会飘走的感觉。我到现在才意识到，自己一整天都没吃东西了。难怪这红酒能有如此夸张的效果。

我费力地重整思绪，好让脑子有那么点条理。这思如乱麻的状态简直快把我逼疯了。我应该像打扫房间那样好好清理一下我的脑袋了，来一场春季大扫除，那样应该会舒服很多。嗯，一定会管用。我摇摇晃晃地起身到罗恩的办公间抓了一张纸和扔在旁边的一支笔。我要列张清单，这有助于赶走那些不请自来的影像和恐惧。

看着面前这张一尘不染的白纸，我紧张不安地轻咬着笔端。此刻我脑子里充盈的不是思绪，而是一堆问题。我真的搞错了吗？还是说我在酒店外面看到的人真是罗恩？和另一个女人在一起？和另一个女人在一起……和另一个女人在一起……在一起……

我蹙眉看着眼前的纸，目光很难聚焦，那些字母如同醉酒般全都混淆在了一起。我想写下的文字在我脑中跳着欢快的吉格舞①，而与此同时，我的手则自顾自地忙活着。很奇怪，它似乎是完全独立地写下了这句话：

罗恩是凶手吗？

我苦笑一下，看着潦草的笔迹陷入了沉思。也许是因为我喝多了。我不知道怎么会冒出这样的想法，但有一点是确定的：罗恩不可能杀人，就像他此时此刻不可能跟一个陌生女人在酒店开房一样。“整理思绪”一事就到此为止吧。也许喝杯咖啡、吃点东西会让我清醒起来。但我未能如愿，因为大门口突然传来了有人试图开门的响动。锁全都换了，那当然是徒劳。但那声音还是让我胆战心惊，动也不敢动。我死死地盯着门口。

---

① 吉格舞，起源于16世纪的英国，是一种活泼欢快的舞蹈。

/10/

“塔玛拉，开门!”

我的天，是罗恩吗？可是……？为什么……？

“塔玛拉，你快开门!”

是他。可他怎么会在这儿？他明天晚上才会回来啊！我脑中再次浮现出停车场里他和那个女人在一起的画面。我突然感觉口干舌燥。我才刚刚说服自己相信他是无辜的，他为什么要在这个时候出现？他为什么会现身门外？

不耐烦的门铃声划破空气，直刺耳膜，只能去开门了。我费劲地撑起身，麻利地将那张纸塞进口袋。

我步履蹒跚地沿着走廊一边往前走，一边想着自己肯定是彻底喝过头了。我感觉就像坐上了一条颠簸的小船，在一片惊涛骇浪中艰难前行。我深吸一口气，尽力让自己清醒起来。我必须和罗恩当面对质，解开心中的疑惑。不管怎样，我都需要确切地知道，我心底那不为人知的期望是正确的。风也好，雨也罢，我已做好准备。

我开始动手打开各种锁头。刚要开门的一瞬间，我想起应该先关掉警报系统。我差点又忘了。

我挑起眉毛，呆看着数字键盘。密码是什么来着？装上新锁后，我立马更换了密码。我拼命在我那模糊不清的记忆里搜寻着。我知道罗恩已经不耐烦到极点，就差破门而入了。耐心向来不是他的强项。

终于！那密码像变戏法似的钻进了我的脑袋里。

“塔玛拉，怎么回事？”罗恩径直从我身边挤了过去。我猜的没错，等了这么久才开门，他果然已经火冒三丈了。这是他自作自受，我暗自想道，是他非要安装这些夸张的安保措施的。可不管怎样，他总可以换种更好的问候方式吧？毕竟，再过几周我们就要结婚了……也没准不会了。

“为什么不答话？”见我半天不吭声，他厉声道。我需要点时间琢磨该怎么应答。

“我以为我已经……警报系统……”我结结巴巴地开了口，但罗恩却已经换了话题。

“为什么我的钥匙打不开我自己家的门？”

他的家？他的……

“塔玛拉！我在和你说话呢！”

“这是我们的家！不是你的家。”我以我那无可辩驳的逻辑驳斥了他。

“你喝多了！”他厌恶地看了我一眼，我顿时难过起来。为了稳住自己那摇摇欲坠的身体，我靠在了墙上。这样，至少脚下的地板不再晃晃悠悠的了。

罗恩并没注意到我已经站稳了，因为他早就转身背对着我，沿走廊往起居室走去。我忧郁地看着他渐行渐远，想试着挪动双腿跟上，可不知怎的，我这两条腿仿佛吃了秤砣铁了心，就是不肯从命。我困惑不已，低头查看。它们还健在啊！我的双腿！可它们怎么动也不动?

“塔玛拉！你是精神失常了吗？”他从起居室里冲我大喊。

实际上，不是那样的，我不那么认为。应该说，从昨天开始，我就已经没什么精神了，谈何失常。

“塔玛拉!”罗恩打断了我的思考。他的口气听上去就像我 10 年级的科学课老师。每当我搞不懂他在说什么时，他总会这样冲我咆哮。我痛恨他用这种方式对我讲话。他这是在倚老卖老，毕竟我们相差 13 岁。他让我觉得自己是个挨罚的小女孩，而他当然是那叱咤风云、老练世故的银行家。

“你知道这瓶酒花了我 500 多欧吗？”罗恩继续他那长篇大论的指责。

“有这么贵吗？”我脱口而出，“说真的，它恐怕不值那个价。”

“你哪根筋出问题了？光是喝醉酒就已经够糟糕了。不过，如果你真觉得需要喝一顿，就不能像个正常人一样，选瓶便宜的喝吗？偏偏要挑酒窖里最贵的一瓶？你怎么……”

我像个交通协管员似的举起手，示意他就此打住。“我在酒店外面看见你了，和那个女人在一起!”

“酒店？什么女人？你到底在说些什么？”

“我在书……我在唆……”我气得直跺脚。一个企图与人理论的醉鬼，显然不具任何优势。“我在和你说事实，我看见你和其他女人在一起了!”我终于道出了关键。

“一派胡言！你根本不知道自己在说什么。”

“我知道得很!”我受够了。罗恩突然回家，为一瓶破酒就把我骂得体无完肤，现在竟然又拿我当疯子。

“你喝多了！别和我说你脑子还清楚，因为那不可能。塔玛拉，我连夜开了好几个小时的车，就是为了赶回来和你在一起。而你呢，只会一个劲地胡乱指责。还有，你的样子比火车站里的乞丐还难看，行为举止也强不到哪儿去。”

我目瞪口呆地望着他，双腿筛糠似的颤抖连连。在它们能正常并拢前，我一屁股瘫坐在了沙发上。罗恩没看见这一切，他风也似的冲上楼。旋即一声巨响，卧室门摔上了。

/11/

醒来时，已日上三竿。我伸了伸抽筋的四肢，疼得哼出了声来。我在沙发上睡着了，这是目前为止我发现的最不舒服的过夜之处了。我的胃里有种坠胀感，多半是独自干掉了一瓶红酒的关系。

阳光穿过露台门射进了屋里，似是专门给我添堵一般，毫不懂得怜香惜玉。要是戴着墨镜就好了。运气好的话，它应该就在附近的电话台上。我眯缝着眼，跌跌撞撞地走了过去。我在一堆杂物中翻找着，这个台子上向来一片狼藉，为此罗恩想起来就得抱怨一通。

哈，找到了！带着赢得了一场小小胜利的满足感，我戴上了墨镜。现在，我只需要一杯咖啡，就可以开始这一天了。或许我可以和妈妈去购物，或者去会会我的朋友伊内丝。我还可以……

突然间，我回想起了一切。那具尸体，花园里的坟墓，停车场，和罗恩在一起的陌生人，然后是他的突然出现，紧接着是他遭我对质时的勃然大怒。

一张黄色小纸条正躺在咖啡机旁，而上面的留言我早已一清二楚。罗恩此刻正在他的办公室，他应该是不想吵醒我，一种不安的感觉慢慢袭上心头。事实上，我们有个规矩，那就是争吵后，如果还没有和好就绝不上床。好吧，昨晚我是喝醉了。可罗恩不打招呼就径直去工作，这让我很受伤。他完全可以把我叫醒的。

刚才因为憧憬着美好的一天而产生的满满正能量，一下子消失得无影无踪。取而代之的是满心惶恐。在婚礼即将到来之际，我们经历了史上最激烈的争吵，而且都是我的错！我是怎么了？还有四个星期就结婚了，而我却跟真事似的认为他背着我乱搞。我怎么能这么想？为什么不能就此作罢？为什么非得问他？也难怪他这么生我的气了。

主意已定，我挣扎着起身。我要给他打电话，告诉他我有多抱歉。马上，现在，立刻！

我长叹一口气，沉沉地靠在罗恩肩头，复又贴近了他一点。我们正坐在位于法拉克福西区的卡里欧卡里，这是家经营意大利料理的小餐厅。我后来没给他电话，而是直接去了他办公室，给了他一个惊喜。此刻，我们就坐在这里，一餐泯恩仇。

我们的座位很合我意，小巧的餐桌旁是一个网格状的屏风，活生生的葡萄藤蔓延其上、借势生长，恰好可以遮挡别人的视线。我利用这绝佳的私密性，又往罗恩怀里钻了钻。我喜欢他的怀抱带给我的安全感。

“宝贝儿，你怎能认为我会做出那种事呢？”这个问题证实了我的判断，我们的争吵已经结束了，不过罗恩仍然很受伤，为我认为他会做出那种事而受伤。内疚感又一次如潮涌般漫上我的心头。

“呃……对不起，过去这两天真的糟透了，而且……”

罗恩没让我把话说完。他不等我忏悔，便打断了我。这样可能更好，因为我不知道该怎么告诉他，我们家的花园成了一位陌生人的长眠之地。

“宝贝，我知道筹划婚礼对你来说有点像场噩梦。我也很抱歉你母亲和我让你受了不少夹板气。我答应你，明天就和她好好谈谈。我们会想办法终止那些无谓的争吵。这样，你在我们的大日子里就可以做个幸福的新娘了。”

热泪渐渐润湿了我的眼眶。罗恩如此在意我快乐与否！而我，不仅没为能嫁给这世上最好的男人而深感幸福，反倒让他承受了那么多无端的指责。如今，我比以前更加确定，罗恩爱我，而且也将是我永远的港湾。

我的内疚感里又陡然掺杂了些令人不安的念头。在他和我之间横亘着一堵巨大的黑墙。罗恩离开后发生的事，他还毫不知情，我不能让他就这样和我共度余生。今晚他下班回家后，我会告诉他周一发生的一切，然后我们一起想办法解决。

“我今天下午请假，咱们在家再庆祝一下我们重归于好，你说怎么样？”罗恩在我耳边低语。说着，他放在我后背上的手开始往下游移，强调他的“庆祝”的真正含义。

我应了声“好主意”，只觉得一波波愉悦的颤栗接二连三地遍经全身。突然，我迫切地想要尽快离开这家餐厅。

“你为什么要换锁呢？”罗恩在我耳边低声问道。我们如约庆祝了两人重归于好。我满足地舒了口气，依偎着他。罗恩仿佛久违了一般，对我宠爱有加。躺在他的臂弯里，真是太舒服了。我真希望永远不要下床。那样我就不必面对现实，不必向他坦白我干的“好事”了……

“宝贝儿？我问你话呢！”罗恩的声音隐隐透着焦躁。他吻住了我。嗯……也许他不耐烦的原因不是我一开始想的那个。不过，罗恩停止了亲吻，微微挪开身，好像刻意要拉开我们之间的距离。然后他盯着我的眼睛，读懂了我的眼神。

“我很想待在家，但我必须回去上班了。”他微微一笑，亲了亲我的面颊。“咱们今晚继续。”

“你保证？”我用胳膊绕住他的脖子，把他拉向我。

“嗯，我保证。现在先告诉我，为什么要换锁？然后我就得走了。”

我叹了口气，努力组织自己的思路，好让它们有点逻辑。

“星期一早上，警察突然登门，说接到匿名电话，声称我们家进贼了。”

“进贼了？”罗恩看着我，突然动了怒，“你为什么不马上告诉我？”

“那是有人报了假警，”我尽力安慰他，“但我担心……我觉得最好还是把锁换了。”

我闭上眼睛。羞耻感如巨浪般冲刷着我。我想告诉罗恩事实。真的想！可我做不到。我太害怕失去他的爱了，太担心一旦我麻烦缠身，他就会打退堂鼓，一如我的父亲。

“可是，你还是该告诉我。”他把我拉向他，拥抱我，仿佛永远都舍不得放开我。“宝贝儿，哪怕是虚惊一场，我也会在第一时间赶回来的，你一定吓坏了吧。”

罗恩是这么牵挂我，这么善良。我必须告诉他事情的经过。我不能继续说谎了。

“还有件事，我想……”电话铃打断了我。接电话时，我几乎觉得有些如释重负。

“塔玛拉，你得和你外婆谈谈了。”对方连招呼都不打，劈头盖脸就是这句，是妈妈，每每她提到“外婆”，就准没什么好事。

“怎么了？”我问，尽管我非常确定，我宁愿不要知道这次又是什么事情激发了她们娘俩的矛盾。她和娜娜的关系一如她和我之间的那般紧张，所以也难怪她俩没事总起争执了。这次的问题看来有点严重，因为妈妈没回答我的问题，而是直接数落起了外婆的不是：

“我真搞不懂这女人在想些什么。真是不可思议。她像个疯子一样暴跳如雷！她多半是八卦电视节目看多了，觉得自己非得养个小白脸不可，她的行为真是太……”

“妈妈，”我打断她滔滔不绝的声讨，“您在说什么呢？”

“我在说什么？还用问吗？你的外婆有情人了。小情人！年纪还没她一半大！哎呀，我真是不敢相信，他比你都小！”

好一阵子，我哑口无言。娜娜向来行事古怪。我原本真的以为她再没什么事能惊到我们了。年近 75 岁，她仍然穿高跟鞋、高筒靴、迷你裙和低胸上衣，而且还穿得相当有范儿，每周六还是会去打 18 洞高尔夫，看上去比实际年龄至少年轻 10 岁。

“塔玛拉，你哑巴了吗？”

“是的，这真让我说不出话了。”我承认。

“你必须和她谈谈，让她打消那个愚蠢的念头。”

“我？噢，算了吧，娜娜年纪够大了。我不想干涉她的感情生活。”

“感情生活？呸！那人只对她的钱感兴趣。”

“是的，可是……”

“塔玛拉，不许找借口！她就听你的，如果你告诉她这事不成……”我叹了口气，索性对她的絮絮叨叨充耳不闻，就等着她自己闭上嘴歇口气吧。她处于这种情绪状态时，你和她讨论任何事情都是白搭。所以，我做了这种情况下任何智商正常的人都会做的事：安抚她，先顺着她的心意，把所有事都应承下来，然后等问题水到渠成地自行消散。

大约半小时后，我终于能挂电话了。当然，少不得又许下了一大堆我根本无意兑现的承诺，而罗恩在我们通话期间也已经离开了。

我到厨房给自己煮了杯咖啡，端着它来到露台上。

微风轻轻拂过树梢，带来丝丝凉意。我小口啜饮着咖啡，陷入了沉思。我已打定主意：今晚，罗恩就会知道真相。但在此之前，我要赶走脑子里的这些自问自答，好好考虑今天要做些什么，婚礼要筹备的东西实在太多了，那一天应该是非常特别的一天，是我终于美梦成真的一天。

前提是，我没有被羁押。

这个念头一下子把我带回了现实，一阵恐惧袭来。第一次被捕时的那份绝望与无助，我至今记忆犹新。不过，这次不一样了，罗恩会帮助我的。我努力安慰自己。我们会一起想办法的。罗恩能这般顺风顺水地成为法兰克福一家小型私人银行最年轻的董事，其中一个重要原因就是他善于应对复杂局面。

有罗恩帮忙，我一定能摆脱这个烂摊子，所以我根本没什么可担心的。似是为了证实这个念头，我故意将注意力转向了那片刚刚被我改造成墓地的花园。

这可不是个好主意。我后背一阵发凉。我在想什么呢？不能就这样把尸体一埋了事！发现尸体应该报警！经典的杀人谜案无一例外……用汽车后备厢转移尸体或是在后花园里埋葬尸体的人，通常都成了为命案负责的那个人，我脑中有个讨厌的声音如是说。所以，这次那个脱不了干系的人——非我莫属。

我一定要找个律师。不管怎样，有一点无可辩驳：有一位陌生人就葬在了我家后院。

就如刚才几个小时内反复发生的那样，我脑中突然又闪现出一幅画面：罗恩，昨晚回到家，因我酒后的无端指责而怒不可遏。罗恩，穿着蓝条衬衣……那件我并没有放进他行李箱的蓝条衬衣。

罗恩穿的衣服不对！我知道的，我给他放的分明是两件埃及棉的白衬衣。我记得特别清楚，因为放进去之前我还把它们熨烫了一番，而我最讨厌熨衣服了！

此刻，就像有一只巨手，让这个世界戛然而止。一瞬间，周围的一切似乎都被设成了静音。而我则像一辆正在自动驾驶的车子，兀自起身走向卧室，去看看罗恩昨天穿的是什么衣服。往常的话，我应该已经把它们拿到洗衣房了。但今天早上，我脑子一片混乱，根本没想起这事。

我的手指颤巍巍地伸向了那件衬衣。果真是那件蓝条衬衣！看来我昨晚还没醉到人事不省的地步！

也许酒店外和另一个女人在一起的人仍有可能不是罗恩。可是，昨晚他也不可能是从布鲁塞尔直接回家的。在此之前，他一定已经回过家，取了这件衬衣。他为什么要那么做？最重要的是，那是什么时候的事？

我的心脏开始在胸口狂跳，而这些问题也在我脑中跳着纷乱的吉格舞。它们越转越快，直到最后只剩下了一个问题：

罗恩对我撒谎了吗？

别想了！我命令自己。我不允许自己胡思乱想。我知道那会有什么后果。这是我们迄今为止最严重的一次争吵，我要确保下不为例。我错了。为他收拾行李已经是快一个星期前的事了，我真的能百分百确定自己给他装了哪件衬衣？我连最亲密的家庭成员的生日都记不准。

还有，也许是罗恩自己在离开前把那件衬衣放进了行李箱。我不能再这么疑神疑鬼了。虽然我目前这个神经兮兮的状况难免会令我捕风捉影，但我可不能指望罗恩会包容这样的想法，特别是他还根本不了解我为什么会濒临崩溃。

尽管我脑中思虑重重，但手一刻也没闲着。它们就好像不需要我支配似的，自动翻找着罗恩夹克的衣袋。当然，我只是想确保别把什么重要文件洗了，我为自己辩解道。我相信罗恩。我知道他永远不会对我撒谎。他和别的女人在酒店开房，这种想法实在荒唐透顶，简直匪夷所思，荒谬至极。

我那一直在胡乱摸索的双手陡然僵住了。一张酒店账单！

几分钟过去了，我还是不敢看它。

罗恩绝对不会那么做。

他爱我。

他要娶我。

终于，我还是颤抖着双手，把纸片打开、摊平。

真是诸事如意啊。

罗恩对我可真是赤诚相见。

就和他说的一样。

只是有一点小异样，温泉酒店开的这张账单上显示的是双人间，克雷默夫妇。

/12/

罗恩骗了我！我竟然像傻瓜一样相信了他。我真想躺在羽绒被下自怜自艾地哭上三年，但我得强迫自己做点什么。无论怎样，我都不应该悲伤。我应该愤怒才对。可是，要将凄凄切切的愁怨化作目眦尽裂的暴怒，又谈何容易。

也许，做点什么就行。我一边不停地喃喃自语，一边从衣柜里胡乱拽了一堆衣服出来，塞进行李箱。罗恩的枪我也小心翼翼地放了进去。保险栓现在扣上了，出于责任感，我已经上网查过了。我得确保能保护好自己。不过，我感觉自己更像一个罪犯。

我得离开了，马上。离开这个家。离开罗恩的生活。我啪的一声关上了我的新秀丽箱子。没过多久，我就拖着沉重的行李走下楼，把它扔进后备厢，绝尘而去。

“宝贝儿，我真替你难过！”娜娜满眼担忧地看着我，笨拙地拍了拍我的后背。我第一时间就逃到她这里来了，就和小时候跟妈妈吵架后一样。但除了寻求庇护，我平时也常来看望她。我爱她，热烈、亲密、无条件地爱。

“嗯，我也一样。”我嘟囔道，却仍止不住眼泪。自从发现罗恩的酒店账单后，我一直泪流如注。是该适时打住、擦干眼泪了，任谁见了都会这么想，何况那个人渣根本不值得我这么悲伤。命运再次重演：他从未爱过我，只是对我感兴趣而已，因为我们家有钱、有人脉。

“相信我，亲爱的，因为家里富裕，你没办法相信任何人，我明白那有多难受。你现在需要的是一杯香槟！”娜娜不待我回答，便一跃而起。多年前，娜娜曾有个男管家。自从他几年前去世后，娜娜便再没另觅新的接班人。“雇男管家是过时的旧传统了。”她当时是这么说的，我承认她是对的，但我仍然很想念爱德华，他属于这个家，他走了以后，我觉得自己仿佛失去了一位叔叔。但这些想法现在似是毫无意义。就像过去几年吹进我耳朵里的那些山盟海誓的鬼话一样！毕竟，爱德华尽忠职守也只是为了钱。和所有人一样。也许，他压根儿都不曾喜欢过我。

“来，喝一杯吧，包你马上好起来。”娜娜鼓励道。

“又没有什么好庆祝的。”说着，我突然间觉得一丝力气都没有了，筋疲力尽，似被掏空了一般。

“没什么好庆祝的？真是笑话，当然有值得庆祝的啦！你把他甩了啊，那个不忠、不义、龌龊的……”

我勉强挤出个笑容。“您说得对，”我认可道，“我很庆幸和他分道扬镳。”我缓缓吐出这言不由衷的谎话，想知道自己会不会真的为此感到高兴。

“他怎么能这么对你？还有四个星期就结婚了！下次见到他，我非让他瞧瞧，就算是 70 岁的老太太也知道男人哪个地方最不堪一击。”娜娜气哼哼地说。罗恩的所作所为令她义愤填膺，这让我很受用。至少，这世上还有一个人，无论我变成什么样子都爱我如初。

“相信我，你会找到真正的白马王子。”娜娜停止了她的慷慨陈词。

我点点头，又喝了一小口香槟，胃里顿时腾起一片暖意。娜娜在一旁继续为我鸣不平。我叹了口气，往后一靠，让身体陷入厚厚的枕头里。草绿色的沙发上，四处散落着这样的枕头，仿若小小的苔藓群岛。这里真舒服，真……颓废。

外婆酷爱奢华，凡是与奢华沾边的事她都乐此不疲。她家位于柯尼希施泰因豪宅区。在面积 240 平方米、高约 7 米的巨大门廊里，她为自己营造了一片热带丛林。好吧，这里没有狮子，不过奇珍异鸟和缤纷彩蝶却多得惊人，娜娜对它们有一种特殊的情感。丛林中央坐落着一个小池塘，色彩斑斓的鱼儿游弋其间。当然，瀑布也必不可少。步入这人间天堂，光是那淙淙的瀑布声，就足以让你的脉搏慢下来。这片绿洲向来是我心灵的慰藉。我一直都很喜欢这里。但今天，我觉得娜娜的这片人造雨林里的所有动植物已将我的世界变成了一个彩色泡泡，那泡泡慢慢升腾到高大的绿荫华盖上，在斑斑点点的阳光里消融无踪。

我的目光滑向外婆。她还在为我打抱不平，话里话外都把罗恩批得一文不值。酒精让我感到安宁。娜娜的话和瀑布的低语合二为一，听上去就像一个遗忘已久的童话故事，我那光彩照人的娜娜就是这片迷人丛林里的神仙婆婆，她的脸上散发着心满意足的红光，像极了恋爱中的女人。

娜娜很幸福。

这个想法让我惊了一下。我一直认为她对眼前的生活心满意足，当然，她以前也很幸福。但我从没见她像今天这样。我坐直身子，凑过去仔细打量我的外婆，脑中闪过一幅幅画面：娜娜的赛马夺得巴登锦标赛冠军，外公在世时，身为贵妇的外婆，每年都要举办夏季贺宴，招待法兰克福的超级精英，还有无数名人。我那时还小，觉得那些名人不仅无聊透顶还自高自大、不可一世。

尽管过去这些年她一直活得非常成功，可她从未像现在这么美满过！

她虽然也为罗恩的事心烦，但仍难掩幸福。

她恋爱了。

外婆有情人了。妈妈的指责声再次在我耳边回响，我应该问问她是怎么回事，但我做不到。

现在还不是时候。我闭上眼睛，继续倾听娜娜和瀑布的二重协奏。只是那如梦似幻的迷醉感，突然消失了。

我呢？我有什么？什么都没有，除了一个谎话连篇、不忠不义的前未婚夫。显然，外婆对异性的吸引力都比我强！

/13/

弟弟莱因哈德开门见山地说："姐，我有个坏消息要告诉你。"我没接话，等他继续说下去。毕竟，有了前些天的经历，莱因哈德只有告诉我第三次世界大战爆发了才能惊到我。

"罗恩好像……我觉得你应该重新考虑一下，你是不是真想嫁给他。"

"你说什么？"虽然我很清楚莱因哈德的言外之意，但我还是没法相信自己的耳朵。我的继兄怎么会知道罗恩在外面有女人了？

"是这样的，爸爸和我，我们一直在考虑要不要让罗恩进银行董事会，但我觉得他可能在干违法的勾当，至少看起来是这样的，不过我们还没找到证据。"

过了一会儿我才理解了他的意思。莱因哈德说的不是罗恩出轨的事。

"你怎么发现的？"这是我最关心的问题。

"对有资格就任这一职位的人，我们都要做一番调查。当然，得事先征得罗恩同意。很明显，他以为没人能抓到他的把柄。但经过初步调查，我们发现他有些形迹可疑，我还不知道具体是什么事情，但我很为你担心。我不希望你嫁给他以后才发现他的真面目。我知道你们大婚在即，现在告诉你不是很妥，但……”莱因哈德停顿了一下。即使是在电话里，我也能听出他话语间的难过。

“别担心，莱因哈德，我不会嫁给罗恩了。”

“你？什么？……为什么？”

“他背着我在外面乱搞。”莱因哈德震惊得有些结巴了，我知道他想说什么，径直抛出了答案。

“噢，那……我很难过，真的。”

“是的，我也不好受。”

“你为什么不早告诉我？我不知道……”

“我也是今天才发现的。”

“姐，我很难过。真的，真的很难过。不是因为你不嫁给他了，相反那可是今天的头条喜讯，而是因为他竟然会对你做出那种事！下次我见到他，非打得他满地找牙不可，我保证。”

“没那个必要，再说，他也根本不值得你费那力气。放心，我会挺过去的。”

“你想来我这儿吗？蒂娜不会介意的，过来一起吃晚饭吧。明天我们要飞塞舌尔了。我希望在出发之前和你好好谈谈。”

“莱因哈德，谢谢你的好意，但我需要休息。你们那么美满幸福，我还不太敢面对，给我点时间，好吗？”

“那好吧，不过，塔玛拉，说真的，如果你需要找个肩膀靠在上面放声大哭，到我这儿来。虽然我也拿泪流满面的女人没办法。”

“好的，就这么说定了。”我回答道，忍不住笑了起来。想到弟弟束手无策地坐在那里，肩头趴着一个伤心欲绝的女人，这画面可真是弥足珍贵。我很了解莱因哈德，那是他最可怕的梦魇之一。要他选，他宁愿面对一群吹胡子瞪眼睛的董事。

和弟弟通完话，我的心情好了一些。也许我从未有过真爱我的男朋友，但至少这世上有两个人是真心待我的：娜娜和莱因哈德。

我到达梅茵哈顿酒店时，天色已晚。这灯火通明的酒店在我眼里就像一片绿洲。能在这里避难，我实在很开心。当我走进酒店的推拉门，徐徐穿过以黑色大理石为主的门廊时，心中已拿定了主意。从现在起，我只关注金钱和出身给我带来的好处。不久，我就乘着电梯上到了 26 楼。我进房的第一件事就是脱掉鞋子。双脚踩在昂贵的地毯上，感觉又滑又软，如同苔藓。

尽管情绪低落，但眼前延展的地平线还是令我深深沉醉。这座城是愈夜愈美丽。两旁高楼林立的街道，宛若一条条蜿蜒于峡谷间的闪光丝带。星罗棋布的万家灯火，如宝石般熠熠生辉。我久久沉醉于这迷人的夜色中，持续几天的紧张感渐消渐散。

如果生活能始终如此该有多好！我为什么不能把时钟调回上星期呢？那时候，我的生活还井然有序。我还爱着罗恩，除了筹划婚礼别无他忧。

他应该下地狱！这令人不悦的念头侵扰了我的平静。我原本打算好好享受这良辰美景，彻底忘记罗恩和他的不忠。我还想忘掉那具尸体，还有过去这几天如影随形的恐惧。可这不似我想象中的那般容易。莱因哈德的话再次把我推进疑惑和恐惧的深渊。我伤心地意识到，自己根本不了解罗恩这个人。有那么一瞬间，我琢磨着要不要从包里把我那值得信赖的小帮手取出来，人事不省地躲进安眠药的迷雾里。但我放弃了这个主意。绝不重蹈覆辙！以后再睡不着时，花草茶将会成为我的新帮手。

我怎么会这么傻？为什么一心想要将这场婚礼进行到底呢？光是为了筹备婚礼，我就已经不堪重负了，得靠安眠药才能入睡。面对即将到来的婚礼，我应该是开心得无法入睡才对啊！

“罗恩，你这个该死的！”我转身离开了窗前。他把我的生活搞得跟云霄飞车似的。还有那具尸体！我现在很确定，罗恩和这出闹剧不无关联。前后矛盾、稀奇古怪的事情层出不穷。过去几天发生的一切，我虽然还一头雾水，但在这一团迷乱中，有一点是确定的：我的前任并非我想象中的那个人。

自来水涓涓地流入浴缸，水蒸气袅袅升起，将我包裹住，模糊了镜中那个黯然神伤的影像。我很享受这奇妙的雾气，置身其中，一切都如梦似幻，而置身海上远离尘嚣的感觉也愈发强烈起来。

梅茵哈顿酒店的卫生间实在奢华。整个房间的设计令人仿若置身加勒比沿岸的海滩。嵌入地面的巨型浴缸旁栽种着几棵棕榈树，宽大的叶子垂向浴缸。乍一看，地板就像一片沙滩。所有保养品都精心摆放在椰壳或香蕉叶上。

还有那美妙的夜景！我眼前不是广袤无垠的大海，而是一座披着璀璨光衣的城。整个法兰克福就在我脚下。可是，我的神经还是绷得像一张满弓似的。我闭上眼，仰起头，努力让自己的心绪趋于平静。

可即便那样也毫无帮助，越是反复思量过去几天的事，就越是气不打一处来，罗恩惺惺作态，还假模假式地质问我，怎么能把他想得那么龌龊！

唉！关于他，我还可以想得更多，而且没一件是好事。

我要复仇！凭什么他就能全身而退？而我不仅要承受他的不忠，还要处理那具陌生的尸首，那位莫名其妙在我家遇害的陌生人。

也许是罗恩杀了那人，但就和昨晚一样，一想到这儿我便犹豫起来。昨天，我意识恍惚地在纸上草草写下了这个疑问。也许我的潜意识在告诉我什么。也许我知道的比自己想象的多？若非如此，那就是我要疯掉了。

不过，那都无足轻重了。报复罗恩才是当务之急。我要给他戴绿帽子，哪怕现在为时已晚，因为对我而言，我们不再是情侣。如果他已经发现了我粘在前门上的那张酒店收据，那他至少会明白，我们的感情已付诸东流。

我单手拨动着满池的泡泡，心情万般沮丧，我满盘皆输。为什么我从不愿承认名利二字对罗恩有多重要？我其实知道他是个不可小觑的野心家，他一直想要爬得更高。还有哪条捷径能比和我结婚更一蹴而就呢？我父亲是德国最有影响力的银行家之一，不仅如此，他还坐拥德宝银行，目前由我弟弟执掌帅印。莱因哈德虽只是我同父异母的弟弟，不过继承父亲衣钵的是他，不是我。

一时间，我又迷失在自己的过往里。我仿佛又看到父亲在得知我想学艺术而非商业时那满脸的失望。仅仅一星期后，他就做出了回应，宣布莱因哈德——他第二任太太的儿子——将成为他的接班人。尽管我很乐意把家业发扬光大，但我必须摆脱父亲，脱离他的管束。从那时起，我就随了母亲的姓，因为我想要一个看得见摸得着的明证。我原本打算举行完那场已然化为泡影的婚礼后，就找份新工作，去法兰克福一家有名的画廊做总经理助理。为这事，父亲没少生我的气，我也没少受他的冷嘲热讽。

尽管我和父亲有这么多分歧，罗恩还是盼着有一天能和莱因哈德平起平坐，一起掌管银行，而他差点就得逞了。这个该死的！

就连娜娜在感情上都比我成功。我任由这条忧郁的思绪继续铺陈开去。娜娜！我原以为这次妈妈又和平日一样言过其实了，但今天下午见到外婆后，我确信妈妈说得没错，娜娜恋爱了。即便不是真的恋爱，但她的床事也一定比我这个外孙女有趣得多！

“如果你还有点分辨力的话，就应该以她为榜样。人生得意须尽欢，莫使金樽空对月。”我大声劝诫自己。

这时，我脑中闪过一个念头。一个不可能的、难以想象的……没等自己考虑再三，我已伸出手拨通了前台的电话。接电话的是一位年轻人。

“帮我找个牛郎，一小时后到我房间来。”

“抱歉，您的意思是？”

“别装傻充愣了。你们一直在为这儿的男客提供这种服务。给我找个体贴的人来，佣金少不了你的，我要最好的。”说罢，我挂了电话，长叹一声，复又坐回了那堆泡泡里。叹息之后是一声痛苦的呻吟，因为我意识到自己刚刚干了什么。我在想什么呢？找个牛郎！我一定是疯了。

接下来的几分钟，我跟没头苍蝇似的在房间里转来转去。我边走边梳理一头乱发，既想竭力制造一种井然有序的假象，又在盘算着是否该换件衣服，如果换的话，要穿哪件。不幸的是，我不太擅长一心多用，所以我放弃了这些徒劳无功的事情，转而把精力集中到最重要的问题上：你应该穿什么衣服来接待一位职业情人？

正当我困惑地站在衣柜前，恐慌地看着自己那堆杂乱无章的行头时，有人敲门了。该死，来得也太快了吧。现在，至少穿什么已经不是问题了。我会穿着浴袍见他。

我穿过房间，去为那陌生人开门，心已提到了嗓子眼里。这心跳倒没让我多不舒服，但我宁愿自己能泰然处之。就把它当作一件再普通不过的事，雇个男人好好在床上宠爱一下自己而已。

我深吸一口气，打开了房门。

“你好，我是克里斯蒂安。”眼前这个冲我打招呼的男人，俊美得堪比阿多尼斯①。一双深棕色的眼睛俏皮地看着我，暗金色的头发、修长而健硕的身型，真是从头到脚都看着顺眼。我忍不住展开了笑颜。

他的牛仔裤看上去略显寒酸，但仍很性感。身上的白 T 恤差不多和他的牙齿一样洁净。

---

① 阿多尼斯（Adonis），是容颜不老的植物神，拥有如花一般俊美精致的五官，是西方“美男子”的最早出处。

“我可以进来吗？”

噢！我这才意识到我们还站在门口，而我还在一门心思地盯着他看，好像这辈子没见过男人似的。

“对不起，我只是有点吃惊。”不知怎么回事，我连话都不会说了。他实在太好看了！待会儿我们就要开始了，而我完全不知道该做些什么。虽然我并不需要做任何事，毕竟，我是要给他钱的，可我还是纠结！

“我想你刚刚点了一个人。”看我还傻站在那里花痴般地盯着他，他开口道。

“是的，没有，我的意思是，没错，是我叫的。”求您了，上帝，降道闪电下来劈我个粉身碎骨吧。我是怎么让自己显得这么呆瓜的？我不能再表现得像个彻头彻尾的白痴了。主意已定，我终止了那不知所云的对话，转身将他领进屋。想起冰桶里还有一瓶开了封的香槟，我便径直走向了起居室，去替我们两人斟酒。

这样感觉好多了。我原本就将嫁给一个有权有势的男人为妻，少不了要为他精心筹划各种商务晚宴。成为一个能在棘手的局面下游刃有余的完美女主人，原该是我的本分。所以，眼前的状况也势必不在话下。

“哎呀。”完美的女主人一个踉跄，一张俏脸差点让吧台撞个稀烂，干得漂亮。还好，克里斯蒂安抓住了我。

“你没事吧？”

“没事，刚才被绊住了，这什么破地毯。”他就好像没听见我说话似的，轻轻把我推到一边，倒了两杯香槟，递了一杯过来，又举起他的杯子与我干杯。我浑身鸡皮疙瘩都起来了，但绝不是因为冷，深呼吸，我告诉自己。

“我以前从没做过这种事。”我坦承道。该死，该死，该死。我怎么就不能闭嘴？太有失一位见多识广的女人的风范了。

“没关系。”他微笑着把我拉向他，轻轻地吻了我一下。嗯，他闻上去就像香槟酒。

“放松。”一阵战栗沿着我的背脊往下蔓延，接着又是一阵。他的唇如羽毛般轻盈，若有似无地拂过我的皮肤。这叫我如何放松？

“你叫什么名字？”这问题来得有些出乎意料，因为我的注意力不在这里，还停在他刚刚吻过的地方。我的呼吸变得急促起来。

“塔玛拉。”

“我们去房间吧，塔玛拉。”他温柔地推着我往卧室走去。

很快，我们就躺到了床上。上帝啊，他可真好看。上一次这么近距离接触肌肉男是什么时候？我不记得了。

他俯身吻我。

我也不由自主地回吻他。

他凝视着我，一双眸子亦睁亦敛，双手一路往下滑过我的身体。我突然觉得燥热无比，太棒了！就在下一秒，我猛地感觉到了一种凉冰冰、圆滚滚的东西。我好奇地睁开眼，只见克里斯蒂安正拉着四个连缀成串的小银球，缓缓搔弄着我的小腹。见我一脸疑惑，他笑了。

“相信我。”他低声道。

/14/

上帝啊，我太难受了。我呻吟一声，试图睁开眼睛。纯属徒劳。我昨晚一定独自干掉了至少一瓶香槟。克里斯蒂安倒是只喝了几口就和我一道进了卧室，然后……怎么了？

我完全不清楚后来发生了什么，如果真有什么事发生的话。昨晚我不可能醉到彻底断片了吧？我使劲在我迷蒙的脑袋里苦苦搜寻。画面开始浮现。

克里斯蒂安把我带进了卧室，银色子弹，然后就是一片空白。我为此付了 500 欧，却竟然什么都不记得！我全然不知昨晚我们到底有没有真来。我这辈子第一次鼓足勇气花钱找了个情人，结果只在自己的记忆里留了个大洞。

“啊噢！该死，疼死我了。”我转动了一下脑袋，发现这是个超级错误。我想吐了。我深吸一口气，尽力驱散这阵恶心。

“你没事吧？”

这问话犹如一记重拳击来，他还在这儿？

“是的，不是的，不太好。”我结巴道，随即冲进了洗手间。在那里，最近进到肚子里的一切，主要是香槟，全都倾倒一空。一个人难受成这样，竟然还能活着？

现在，我需要冲个澡，痛痛快快地冲个热水澡。也许我洗完了他也应该走了。可我立马意识到还没付他钱呢。我叹了口气，仰头任热水顺着面庞流下。

走出卫生间，我发现一杯暖暖的咖啡已端放在床头柜上，旁边是一碟抹有果酱的小圆面包。看到它们，我差点又要吐了。

“好点了吗？”克里斯蒂安用期待的眼神看着我，想把咖啡端给我。显然，这项服务已超出了纯粹的性服务范围。我宁愿他开口要钱，然后转身走人。这样我就可以自怜自艾地无所事事，默不作声地独自受罪了。

“好多了，谢谢你的咖啡。”我言不由衷地说道，闭着眼睛喝了一小口。

“我希望昨晚还算令你满意。”他在我耳边低语，咖啡杯差点从我手中掉落。

“呃，是的，当然了。也许改天我们还能再重温一遍？”说不定那时我就能记得点什么了。

他又用那俏皮的眼神看着我。我这粗枝大叶的回答未能蒙混过关。我的脸唰地红了。又来了！我表现得就像一个从没和帅哥亲密接触过的傻瓜一样。我咬了一口三明治，好忘记自己方才的窘态，让他认为我这大红脸是拜热水澡所赐。

“你有任何需要都可以打给我。这个号码不论昼夜，随时都能联系到我。”

他专注地看着我，就好像这句话特别重要似的。虽然我无法想象自己会在半夜三更突然寂寞难耐，但我还是接过了他递来的纸条，上面有他的地址和电话。我只希望他马上走人。

他好像读懂了我的心意，穿上了 T 恤。我趁机泰然自若地仔细欣赏他。教人过目不忘的完美腹肌。很棒的身材。如果他的床上功夫有他颜值的一半，那我一定不会忘记和他共度的第二个夜晚，如果我还会再见到他的话。不过，为什么不呢？我有权好好犒劳自己。而且，我也该为自己补上昨晚缺失的记忆。我会打给他的。至于何时，再说吧。

我还在深思熟虑时，克里斯蒂安已经开始往外走了。我突然意识到还没付他钱。

“等一下！我得……我还没……”

不知怎的，“付钱”这个词我实在说不出口。它听上去太冰冷了，仿佛昨晚不过是一场商业交易。虽是事实，可我还是说不出口。

“哦，对，没错。”

看上去克里斯蒂安对这个话题也有些不适，至少与我不相上下。我刚把钱塞到他手里，他便兀自摔门而去。

/15/

我打开家门，轻手轻脚地走进门廊，迎接我的是令人不安的寂静。一阵寒意袭来。房间阴暗冰冷，一如我此刻的心情。那具尸体的影像一下子闪入我的脑海。

几天前，我待在这里还觉得很舒坦，最重要的是，感觉很安全。而此刻，整个房子就像是一座陵墓。厚重的墙壁似乎在吸干空气中的全部氧气。至于这房子的安保……显然没有我想的那么万无一失。

我有些焦虑不安，心不在焉地打开了带来的纸箱。这些简易的棕色盒子昭示着我这段生活的完尽，我和罗恩已经一刀两断了，我没有家了。

我会先在梅茵哈顿酒店住上一阵子，以后看情况再说。我告诉自己，这个计划不错。克龙贝格这里抬头不见低头见的，未免小了点。

我一边东想西想，一边开始打包。先从卧房开始，然后再解决楼上，最后是楼下。应该不会花太长时间……

两个小时后，我就已经像泄了气的皮球了。只是收拾一个房间的东西而已，怎么就花了这么长时间？我怎么会有这么多鞋子？我已经装了满满四箱冬靴、短筒靴以及其他越冬鞋了，可还有好几排在那里等着我打包带走。我要把其中一部分带到酒店去。一箱应该就够了。问题是，我该留下哪些呢？更确切地说，我该把哪些塞进纸箱、搁到地下室去，然后遥遥无期地闲置着，很可能从此永不相见呢？

我看着床上堆积成山的衣服，陷入了沉思。选哪些鞋子取决于带哪些衣服。麻烦的是我又遇到了同样的问题。我多半没法把这堆衣服全都塞到一个行李箱里，那绝对无法可想，更何况我的车子最多也只能装下两个行李箱。

我必须归整筛选一下。我不能把它们全都带走。如果两三箱衣服都没法让我对付一两个星期，那也太可笑了，尤其是再算上已经带到酒店里的那些。

又一个小时过去了。这 60 分钟我几乎都用来考虑取舍了。我已经濒临崩溃了。但无论如何，我可不能不带我的艾斯卡达牛仔裤，还有我漂亮的 D&G 腰裙，还有我的 T 恤衫。每件都是我的最爱。

待到我终于打包完毕，双人床上的衣服似乎堆得更高了。这怎么可能？

不过，我确实滴水不漏地把想带的衣物全都装好了。当最后一件衣服没入行李箱、鞋子的排数也大幅降低时，我面前已矗立了五个箱子。我需要一辆出租和一辆货车。不过这都是无足轻重的小事，既然允许自己享受五星级酒店的奢华，那至少得让自己看上去有点时尚品位吧。

现在仅剩的一件事就是从罗恩的办公间里带走我的重要文件。

我讨厌这个房间。

一踏进这间房，你马上便会意识到这是男人的房间。每样东西都那么硬朗、高贵和庄严。黑色橡木地板上铺着厚重的地毯，踩在上面的每一步都显得迟缓虚浮，而且屋里还有一盏台灯顶着绿色的灯罩！说实话，罗恩看了太多西部片了。他不愿承认这一点，但他年轻时曾是约翰·韦恩①的狂热粉丝。

幸运的是，我用来放文件和文件夹的那层架子还只是半满而已。至少这些应该很快就能收拾完。我不耐烦地把东西往纸箱里堆放。这一箱我预备暂时扔在地下室，用胶带封上。收捡完毕后，我把它推到了门边。真没想到这该死的东西有这么沉。

现在我只需找到我的护照和出生证明就行了。二者都应该在罗恩办公桌顶层抽屉的一个文件夹里，我把结婚需要的全部证件都整理归集到那里面了。现在看来，我们的那些准备多少有些操之过急了。不过，对罗恩而言倒也没多糟糕，毕竟，他已另有新欢。

抽屉里一团乱。这很奇怪，因为罗恩很爱整洁，甚至他桌上的笔都是整齐划一地指向一个方向。那个文件夹一定是放在这里的某个地方了。上星期我还拿过它，因为……

---

① 约翰·韦恩（1907 年 5 月 26 日-1979 年 6 月 11 日），好莱坞明星，以演出西部片和战争片中的硬汉而闻名。

一张银行对账单打断了我的思绪。单子上的金额无比巨大，罗恩什么时候这么有钱了？

500 万欧元！是一笔奖金，最近刚刚汇入他的账户。

/16/

我心满意足地往椅背上一靠。电脑屏幕上最后一次显示“交易成功”四个字。多亏罗恩那些事无巨细全都记录得清清楚楚的文件，我不仅能登录他所有的账户，而且还能进行转账操作。如我所料，进行网上支付必需的密码生成器被他放在了保险柜里。

所以，我伸张了一点小小的正义，把罗恩的奖金转到了几个海外账户里。几天以后，这些钱又会自行转入他以前的那个储蓄账户。他已有 15 年没用过那个账户了，很可能都忘了它的存在了。一年前，我在地下室找他的纳税报告时发现了那本存折，上面载有罗恩以前的纳税记录。

现在，这个闲置多年的账户又满血复活了，而他毫不知情。别忘了，本人来自银行世家，那可不是吃素的。

现在，他想登进自己的账户得需要些时日了，因为我还修改了他所有的登录密码，并告知银行已更换地址。想象着罗恩再也无法登录，我咧开嘴笑了。为什么呢？因为没有新密码，就连电话银行都没法操作。而且他也不知道自己的新地址……好一团乱象！

“黑色家具，还是铬鞣皮的，我敢说那是罗恩最不愿在起居室里看到的东西了。”

妈妈挑衅地看着我。我还没告诉她婚礼不会举行了，所以我才不关心罗恩希望他的起居室长什么样呢。

和往常一样，她这次又是突然造访，手里还拿着那几块我躲都躲不开的布料样品。

“就要铬鞣皮的黑沙发。”我执拗地答道。罗恩活该忍受这种布置。妈妈叹了口气。知女莫若母，她知道这一次是没办法让我改主意了。

“我不知道你是怎么回事，”她摇了摇头，咕哝道，“多恐怖的想法。”

“您如果不喜欢，那就别来了。”

“不，不。如果你想用银色窗帘搭配这种恐怖的组合，那它们起码应该让人看着顺眼，不过我估计无论怎么搭都没戏。”

“完美。”我心满意足地退后一步，认真打量着新窗帘。这么难看的东西还真是罕见。不过，放在一栋罗恩独居的大房子里，它们堪称完美。

“我觉得太难看了。”妈妈紧皱眉头一味地盯着窗帘，只见那银光闪烁的布料如瀑布般直垂地面。

“不难看，这正是我想要的效果。”我微笑着望向窗户前方。我完全能想象那幅图景，放上一张黑色人造皮沙发，再配以毫无品味、闪闪发亮的茶几。我是不该有这么强的报复心，可我觉得他活该。

“想来杯红酒吗？”我问道。妈妈还在盯着窗帘看，脸上还是那副恼怒的表情。她知道换做平常，我是决计不会在起居室挂这样的东西的。也许她能嗅出哪里不对劲了。

“不了，我得开车，不过喝杯茶倒是蛮好。”

她随我来到厨房，我打开电水壶，在橱柜里翻找伯爵茶。

“你和罗恩发生什么了？我觉得不对劲。”

我正伸向茶包的那只手僵在了半空。我应该猜到她会想到这一点的：没什么能逃过她的法眼，我原本打算谁都不告诉的，我知道必须尽快取消婚礼，但我希望能多些时间处理刚刚发生的一切。承认我们感情失败，承认我爱上一个根本不喜欢我的人，这太伤人了。

我长叹一口气，回答了她的问题：“罗恩有外遇了，我……我要取消婚礼。”

“取消婚礼？你不能那么做！”妈妈总这样，只注意我讲话中最不重要的部分。

“那我就该嫁给一个婚前出轨的男人吗？”

“不是的，宝贝儿，我不是那个意思。可是……你确定吗？你可能搞错了，出轨的事，罗恩怎么说？”

“他什么都不承认。但是，我很确定。”

“你抓了他个正着吗？”

“没有，不过……”

“你瞧，如果不是亲眼撞见，就不要妄下判断。”

“妈妈。我发现了一张酒店账单，抬头是克雷默夫妇。那段时间他本该在布鲁塞尔出差的。我还看见他和那个女人一起出现在酒店前面，而您凭什么认为罗恩是无辜的？”

“这一定是场误会。相信我。”

我失望地摇摇头。“不可能，没有其他解释了。”

“就因为一个不确定的推断，你就要取消婚礼？婚礼在即，你却要取消，别人会怎么想？我该怎么和朋友们解释？你让我多难堪，这简直是家丑!”

“是的，那又怎样……？我干吗在意别人怎么想？我就应该嫁给罗恩吗？您真这么想吗？”

“我觉得你应该像个大人一样行事了，该开始学着为自己的行为负责了。”

“我的行为？是罗恩在乱搞，不是我!”最后几个字我是吼出来的。我无法相信她竟然站在罗恩那边。那个无情无义、阴险狡诈、丧尽天良的骗子。

“别和我这么说话，塔玛拉。如果你再用这种语气，那我也懒得和你废话了。”

咣当一声巨响，妈妈摔门而去。我浑身颤抖，跌坐到椅子上。她的做法几乎比罗恩的不忠还伤人。我精疲力竭地想着，至少有一点好处：她此行不是来和我讨论娜娜的小情郎的，而且考虑到我们刚才告别的方式，恐怕我们一时半会儿都不会再搭腔了。

什么东西在响。我惊醒过来，凝神细听，又一次听到了那声音。有人在轻轻转动钥匙，不过门不可能打得开，因为我换了锁头。天气并不热，但我仍浑身冒汗。我知道罗恩也在家，因为傍晚时我听到他回来了。那时，我已经在客房里躲得严严实实了。尽管我已下定决心再也不在这家里多待一晚，但我还是留下了。和妈妈抗争一番后，我实在没力气回酒店了。

可现在，我希望自己离这儿远远的。有人企图进来，是凶手吗？

我必须站起来。我必须看看是怎么回事。尽管我宁愿什么都不做，一味用毯子蒙着头藏起来，或是呼叫罗恩，由他去对付夜贼和杀手。但我不相信他。

楼下，一片漆黑。借着街灯投进门廊的一丝微光，我能看到前门还锁着。回头一看，露台的遮门也是拉下来的。一切看似并无异样。也许刚才又是我的想象。

不过，我还是在楼梯上坐了下来，这样我只需稍微转动脑袋，两边的门便都尽收眼底。小心驶得万年船。

/17/

“你疯了？”是罗恩，而且天也亮了。显然，我在楼梯里睡了一晚。最近，我发现自己总在最不可思议的地方酣睡。我都怀疑自己此前怎么会需要安眠药了。

我慢慢睁开眼。罗恩在一旁怒气冲冲地俯视着我。

“有夜贼，我觉得我听到有贼在撬门。”

“夜贼？如果有人想硬闯，警报系统会响。”他咄咄逼人地看着我。

“我……我害怕。”说着，我已是眼泪汪汪。我不想哭，可我控制不住。我什么时候变成爱哭鬼了？

“你已经彻底歇斯底里了。”罗恩退后一步，好像我有传染病似的。哭哭啼啼的女人是他最不愿对付的了。他沿着走廊朝前门走去，开门往外看了看，又检查了一下门框。“没问题，”他义正词严地说，“是你自己异想天开。”

我点了点头，身体还是有些颤抖。我喜欢这个推定，总好过真的是凶手回来杀我灭口。

“你怎么会在这儿？我还以为你离开我了？”罗恩检查完门返身回来，双臂交叉，又站在那里俯视我。

“这房子有我的一半，我愿待多久就待多久。”我挑衅地说，我可不会那么容易就胆怯。如果他继续这样，我还不走了呢。

也许，我还应该在这里举办奢华的盛宴。罗恩痛恨噪音、杂乱和酒鬼。想到此，我不由微笑起来。罗恩见状，马上说道：“我不明白这种情况下，有什么东西那么好笑。”他的语气能把撒哈拉冻成冰土，引发下一个冰川世纪。罗恩，应对气候变化的有力武器。我再一次忍俊不禁。我能从他脸上的表情看出，我让他烦透了，真是大快人心！

“也许是因为我意识到你帮了我一个忙。”我反驳道，然后不等他回答，便从他旁边挤了过去，一把抓起车钥匙，撇下了摸不着头脑的他。

随着些许轻微的嘎吱声，我推开了溜冰场的后门，因为前门已经锁上了。我都忘了，这里的前厅夏季不开放。我轻手轻脚走了进来，心里不太自在，感觉自己像是个入侵者。我想我确实是。

上次来这里已经是很久以前的事了。我凝视着眼前的冰面，一时间思绪万千。这里一度于我而言意义非凡。我不知道自己为什么要回来。多年来，我一直刻意回避这个地方。我原本打算回酒店的，但这么一大早就窝在酒店房间里，想来就让人压抑难当。所以，我沿着熟悉的路线来到了溜冰场。曾经我每天都来。那时候，我的世界还没有变得不可理喻。哪怕那一切转瞬即逝。我在那个本该为大获全胜欢欣雀跃的日子里，下定决心不再踏足冰场。我也一直信守诺言。连罗恩都不知道，这个差点成为他太太的人曾是花样滑冰冠军。

多年来，这项表演型运动一直带给我一种自强自立的自我实现感。一种无法用金钱买到的成就，直到我被宣布夺冠，而母亲告诉我那是因为父亲买通了评委。“金钱能买到一切！”

这句话至今还在我脑中回荡。

不管怎样，我都是个傻瓜。就因为她酸溜溜的愚蠢评论，我丢开了对我而言最重要的事情。我没有继续战斗，而是选择了放弃。一如今天我没有和罗恩做个了断，而是选择了逃离。我离开了家，那是罗恩的家，但也是我的家。我真是个懦夫！

“很高兴再见到你。”一个声音打断了我的回忆。一个人影正穿过一排排座位向我走来。是马克，我以前的教练。

“好久不见。”我看着他那熟悉的身形，回答道。他苍老了些许，但保养得很好，身体就和当年一样苗条、强健。曾经的黑发几乎全白了，脸上布满了皱纹，不过大多数看上去都像是幸福的笑纹。

“我一直希望你能重新开始，我实在难以理解你为什么会那么突然地说放弃就放弃。”他叹声道。

“说来话长。”我没再多说什么，因为我没心情做长篇解释。

不过马克点了点头，好像我已回答了一切。“我们可以请你来当年轻人的教练。考虑一下吧。”他补充道，充满期待地看着我。

“我都有 10 多年没站在冰面上了。”

“是的，那又如何……？这就跟骑自行车一样，那种身体的触感永远都不会丧失。来，我给你看样东西。”马克站了起来，拉着我来到出口处。

“我敢说这里一定有一双适合你。”马克在他的后备厢里翻找着，我则站在他旁边，好奇他在找什么东西。半晌，他终于站起身来，脸上带着胜利的微笑，手里多了一双Rollerblades[①]溜冰鞋。

我疑惑地看着他。“您真认为这是个好主意？”

“试一下，你会爱上它的。”我勉强从他手里接过溜冰鞋，坐到地上换了鞋。马克也麻利地穿上一双，滑到我面前。他微笑着看我笨手笨脚地站了起来。“走吧。”他招呼一声，倏地一下滑了出去。

“嘿，等等我。”我踩着这双直排轮溜冰鞋，小心翼翼地往前挪动。起初，我感觉自己就像踩在鸡蛋上，但突然间，身体好像自行恢复了记忆。我大笑一声，加快速度追上马克，做了个单足旋转。

“很简单嘛。”我冲他大喊，脚下的速度也越来越快，直到我能感觉到风在耳边呼啸，扬起我的头发。我在冰面上时而旋转，时而后退，张开双臂做着一个接一个的单足旋转。

“九月份，冰场的培训课又要开班了，我们需要你。”一小时后，我们一起整理他后备厢里的溜冰鞋时，马克如是说。

“我不知道，但我会考虑一下。”我回答道。话一出口，我便深深地体会到了老教练心中的失望，同时也意识到我其实很乐意接

---

① Rollerblades，溜冰鞋品牌。

受他的提议。但我不能，不是现在，不是在我的生活一团乱麻的时候。

“可别考虑太久。”咔哒一声，他轻轻关上后备厢，钻进了车里。在驶离停车场前，他还不忘最后冲我微笑一下。

/18/

还没见到娜娜的芳踪，便已听到吉诺那兴高采烈的欢迎词了。

“贝拉美人！玛利亚！”刹那间，饭店里所有的脑袋都齐齐转向入口处。他们不会失望的。娜娜的出场还是这么引人注目，一如往常。她缓缓走向两边各有一只纯种达尔玛西亚犬守卫的餐桌。狗狗的项圈反射着饭店柔和的灯光，仿若镶嵌了钻石一般。这当然是饭店里最好的位子。若非如此，吉诺恐怕连想都不敢想。娜娜从不会退而求其次。

娜娜走向餐桌的那一小会儿工夫，吉诺的欢迎词一直不绝于耳。在那短短的几分钟里，我听到的“玛利亚”“小姐”“贝拉”和“小美人”比以往全部加起来都还要多。说真的，我觉得吉诺连一句整话都没说过。他口中的那些词语更像是在表达对女神的仰慕。娜娜看上去的确像位女神。

她是身着白色皮草的尤物。我真不知还有谁能穿着这身行头，又不让人觉得啼笑皆非。而我年过七旬的外婆偏偏就能把这白皮草穿出女神范儿。

她一过来，我立即起身噗噗地亲吻了她的两颊，然后和她一起落座。一个冰桶像变戏法似的出现在我们桌旁。几秒钟后，我们两人手里便都多了满满一杯香槟。

“宝贝儿，你看上去累坏了。”我们彼此问候后，她关切地说。

“我知道，就是和罗恩的事，真让我疲惫不堪。”我叹气承认道。

“忘了他，他不值得你浪费时间和精力，开心点。你离开罗恩是对的。当然，你已经知道这一点了。”她微笑着举杯，“为了爱情！”

我苦笑着喝了一口。如果你带着十足的好意，可能也会将我那笑容解读为微笑吧。爱情是我此刻最不想举杯祝福的事了。

“别耷拉着张脸。”我马上就遭到了告诫，“再没有比你离开罗恩更好的事了，天涯何处无芳草，让人着迷的帅哥有的是。”

我敢打赌，娜娜和她的小情郎之间有过很多美好的交流，但我只是想了想，并没说出来，我还没做好准备和她探讨“黄昏恋”这个话题。

“答应我一件事，”她的话打断了我的思绪，“答应我，你会给爱情一次机会，而且要快，越快越好。”

“哦，再说吧，我需要点时间……”

“胡说，没人需要时间，相信我，岁月如梭，流逝得远比你想象的快，待你回过神来，早已朱颜辞镜。”

“娜娜，我还没准备好重新恋爱，我不想再受伤了，现在真不是时候，我刚发现罗恩把我当傻瓜看，另外我还没取消婚礼呢。”想到前路漫漫，我又喝了一大口香槟。如果生活继续这样下去，我一准会变成个酒鬼。

“答应我。”她坚持道，我叹了口气，表示遵命。

“好吧，我答应你，我会给爱情一次机会。”也许 10 年后吧。

“那就是说得看你什么时候能找到真爱了。”娜娜继续说道，好像读懂了我的心思。

“好吧，我会尽快地。”我彻底遵命，我可以答应得很痛快，因为那是不可能的事，我很确定。

我们为我刚刚做出的承诺轻轻地碰了杯。香槟沿着我的喉咙滑下，就像是冒着泡泡的绸缎。如果生活一直这般快乐，该有多好！和娜娜一起坐在这么好的饭店里，喝着香槟，假装有个美好的未来正等待着我。

“还有啊，你要记住，人生得意须尽欢。”她继续给我讲人情世故，基本上都是关于男人和爱情的。说着说着，我们已吃完了甜点，喝上了餐后咖啡。

“娜娜，我知道你说得对，但是请相信，现在，我毫无兴趣，我想要一个人静静。”

“如果你还没准备好坠入情网，那至少也得有点艳遇。”

克里斯蒂安。

他的名字好似对号入座般，突然从我的脑子里冒了出来。不过，那都算不得艳遇，只是一次付费服务而已，一次我什么都记不起来的付费服务。不过和他在一起时，我久违的感到舒心，充满生机，充满活力，美丽，性感。

“塔玛拉，你在听我说话吗？”娜娜满脸疑问地看着我。我深陷在自己的思绪中，根本不知道她问了些什么。

“是的，嗯……没错。”我附和道，希望自己没有答非所问。我其实也可以坦承自己在想别的事情，没有专心地在听，但那样她会追问我在想什么，而我还不想将那件事对娜娜和盘托出。那应该是我的小秘密，供我自娱自乐。

“那好，就这么定了。我很高兴你愿意见见卡洛斯!”

卡洛斯？卡洛斯是什么人？我心里不觉升起一阵恐慌。卡洛斯只能是娜娜的新朋友。如果妈妈知道我同意和他见面，一定会天天打电话骂我个体无完肤。

不过也许还有别的办法。也许，我可以让她明白会会卡洛斯是个不错的主意。我怎么能说服娜娜离开一个我素未谋面的男人呢？想让她离开他，我就必须首先说服自己他真的不适合她才行啊。就是这样！我满意地叹口气，又靠回了椅背上。如此一来，我看上去的确信守了承诺，遵照妈妈的意思，一步步劝娜娜回头是岸。

/19/

“你去哪儿了？”电话那头的咆哮震耳欲聋。我苦笑一下，没回答便挂了电话。当罗恩情绪上来时，根本没必要和他讲话。我能想象出他站在我面前的样子，他一定气得要吐血了，想到这儿，我忍不住笑逐颜开，他八成是在想方设法地登录网上银行。真令人同情。

他再次打来时，我能听出他非常努力地克制着自己，以免重蹈覆辙大吼大叫。

“塔玛拉，这又是哪一出？”他用比较正常的语气问道。

“你在说什么呢？”我反问道，即便对他来电的原因早已心知肚明。

“该死的，你对我的账户干了什么？”

“罗恩，我真是搞不懂，你为什么会认为你的钱出了问题就要来过问我，你能不能费心一下取消婚礼的事？”

“我们的婚礼？我才不管什么婚礼！500 万欧元不见了！飞

了！我想知道你对我的钱做了什么！”

“什么都没做啊。”我对他说着谎，一丝满足感在心头荡漾开来，他会去找他的钱的，他最后也一定能找回来。毕竟，我只是把它们转到了他自己的储蓄账户里而已。

“塔玛拉，你在玩什么？不管你干了什么，赶紧撤销。听见没有？”

“宝贝儿，我都不知道你在说什么。”

“你会后悔的，我告诉你。”罗恩听上去像是马上就要爆炸似的。如果我不是这么生他的气，我可能也会觉得有些对不起他。但是，我认为他就活该吃点苦头。凭什么非得我一个人忍受这如坐云霄飞车般的大喜大悲？

从客房服务部订的早餐看上去相当可口。我刚要大快朵颐时，电话又响了起来，是妈妈。我叹口气，接通了电话。

“您好，妈妈。”

“嗨，”她回答道，然后稍作停顿，“你怎么样了？”

“还好。”我如实回答，准备听她的各种微词，婚礼啦，娜娜啦，或者是其他任何可能钻进她脑子里的事情。不过，和以前一样，这次她又成功把我惊到了。

“我一直在想这整件事情，我开始认为你是对的了。现在和我们那个时代已经不同了。那时候的人不管发生什么都会想尽办法信守承诺。不过，你的事你自己拿主意吧。”

“很好，很高兴听您这么说。”

“我马上就过去，我们可以喝杯咖啡，想想怎么妥善处理这件事，咱们能想出办法来的。”

我慌忙打消她这念头，如果说有什么事情我现在没有心情做，那一定就是回到那个家和妈妈一起喝咖啡。她还不知道我住在梅茵哈顿，我也不想让她知道。

“不了，我现在不行。您真是太贴心了，但我今天上午没空。我和律师约好了见面，不知道得谈到什么时候去了。我还得联系一家房产中介，我们想卖掉那套房子。”这是个刚刚才冒出来的新想法。但我确信我是对的。罗恩不可能想独自一人住在那儿。除非他女朋友想搬进去，也许她会喜欢上那银色窗帘。

“你们想把房子卖了？”

“一人住太大了，您不老说我们不需要那么多房间吗？”

“是的，可你为它付出了那么多心血啊！”

“我不想住在里面了！”光是想想就让我浑身哆嗦。“罗恩也不想，”至少我是这么认为的，“所以我们要把它卖掉。”

“这一下子简直天翻地覆了，你受委屈了，这段时间，你要不要搬过来和我一起住？”

“不要！”我很快就发现自己失言了，赶紧试着恢复常态。

“不了，妈妈，您太为我着想了，只是我……我想去西班牙南部或是别的地方买个小公寓。”话音刚落我便意识到，我还真想这么做。这傻主意是从哪儿冒出来的？

“西班牙？你为什么会想去那儿？你在那儿人生地不熟、举目无亲啊。我觉得那可不是个好主意。现阶段，你需要家人和朋友帮你渡过难关。相信我，逃去国外只会雪上加霜。”

我叹口气，开始为一个自己还没拿定主意的想法辩护起来。

“我需要换种风景：不同的人、不同的环境、不同的气候。”

“别胡说八道了。如果你需要换个风景，搬到法兰克福去好了，融入那里的生活，去听听歌剧、逛逛博物馆。”

“我不想去法兰克福，我想去一个温暖的地方，去一个不会碰见罗恩，又让我觉得舒服自在的地方。”我对这个话题渐渐有了兴趣。事实上，离开熙熙攘攘的繁华，去享受西班牙的怡人气候，夜夜狂欢，这主意还真是不错。

“你和你父亲提过这个想法了吗？”这是她弹尽粮绝时的标准问题。妈妈其实知道我还没告诉父亲。我父母离婚近 10 年了，但不知他们是怎么做到的，两人一直关系融洽。考虑到我自己的状况，那实属不易。不过，妈妈当年可不需要处理尸体和面对出轨的老公。

“没有，爸爸什么都不知道，我不想让他烦心。”这谎话让我都忍不住要脸红了。

“塔玛拉，给他打电话，告诉他你要取消婚礼，他是你父亲，有权知道你过得怎么样。”

这通电话特别耗神，在有些事情上，妈妈从来都不会变通。

“然后，今天下午就来我这儿，咱们平心静气地一起考虑下一步该怎么办，别跟我讨价还价。”她补充道，但我可不吃这套。

“那不可能，我午餐时间就要飞西班牙了。”

“今天？你还得取消婚礼、卖房子呢？你怎么能现在离开？”

我叹了口气，我都快 30 岁的人了，还得竖着耳朵听老妈告诉我该怎样过活。

“我约了那儿的一家房产中介，”我谎称，随即意识到整通电话里我就没说过什么实话，“而且我们这边的中介也正在处理卖房的事，现在我没有太多要做的，正好可以借机放松一下。”

好吧。无论是西班牙还是德国，都没有任何中介在打理任何事情，但这是可以改变的。所以，确切地说我并没有撒谎。不管怎样，也不全是谎话。问题是我不确定自己刚才的话有没有自相矛盾之处。好在妈妈似乎并没注意。相反，她又一次把我给惊到了。“如果你觉得那样最好，那就随你。”她说道。

我盯着电话，脸上是大写的问号。刚才说那番话的人是妈妈吗？没有絮絮叨叨地抱怨这次旅行有多愚蠢？没有花上至少半小时工夫劝我回心转意？

“你打算在那儿待多久？”我一时被惊得没了言语，就这么两相沉默了一阵后，她追问道。

“一星期。”

“好吧，回来后第一件事情就是来我这儿啊，或者我直接去机场接你，那样应该更好。”

我安慰她说那个主意很棒，回头可以详谈。随后我便轻松愉快地结束了通话。就我和妈妈之间的谈话而言，这次可真不算太糟糕。她并没质问娜娜的感情生活，也没问我有没有和她谈过。

/20/

进家门时，我的心扑通扑通地一阵狂跳。这个家看上去像是被遗忘了，仿佛空置已久。走廊里黑影绰绰，外面细雨迷蒙，就像那天……我还是不要想了。

我驻足细听，努力判断此刻自己是一个人，还是另有他人，尽管明知这么做很蠢。谁会在这儿呢？罗恩肯定在办公室。也许有鬼？我脖子上的汗毛根根直立起来。为了忘记恐惧，我迈着坚定的步伐往起居室走去，继续收拾我的东西。趁中介还没来，我得抓紧时间，尽量多整理些东西带走。

令人惊讶的是，罗恩和我想一块儿去了。他也想尽快把房子出手。真是遗憾，因为他不能享受我为他量身打造的新起居室了。

门铃终于响起时，我已经干了不少活了。整理好的几个盒子都已排放在走廊里。

“真可惜，您要卖掉这么好的房子。现在利率低，不会太难卖。”中介刚迈进门槛就评论开了。

“卖了它，多少钱都行。”我无法抗拒这一突发奇想。想想罗恩看到房子赔钱贱卖后的那副表情，卖多少都值了。好吧，我不应该这么富有报复心的。

“您的房子，您说了算。”中介掏出相机，开始到处拍照。他再这么照下去，那我们到明天早上也走不了。

“抱歉啊。”看到我不耐烦的表情，他不自然地咧嘴一笑。“我们能提供的照片自然是越多越好。买家都会想先了解一下房子，才会来现场看房。”

“没问题，你随便拍，我要到厨房收拾东西了。你完事了告诉我一声。”

好像过了好几个小时，中介才终于道别走人。剩下的事他得和罗恩商量，因为届时我不会在场。

我如释重负地叹口气，看着中介钻进了他的车。终于！我可以离开这里了。我匆忙下楼，差点摔了一跤。这屋里的气氛变得越来越压抑。我仿佛听到了从那些暗影中飘来的一声低语，但那只是我的想象，是内疚感让我不堪重负。冷汗开始顺着我的后背直往下流。

如果真有鬼魂这回事，那我敢肯定现在这房里就有一只，正为我将它的尸身埋在了花园里而怒不可遏。我必须查出杀害他的真凶，找到那个要为他的死负责的人。只有那样，他才能安息。打住！我必须打住了，不然我真的要疯掉了。这世上没有鬼魂，也不会有对我怒气冲冲的死人。可是，我很内疚。我必须做点什么！

这个决定让我稍微安心了一点。虽然我还不知道该怎么做，但至少我相信我能做到。我只需要思考下一步的计划就好。但我需要休息。我必须回酒店了，因为这里令我忐忑难安。我发现墙上的影子和屋外的细雨无不搞得我心烦意乱，不断勾起那天晚上的回忆。

就在我长舒一口气，准备关上前门时，我想起自己忘带那件真丝毛衣了。这种天气正好可以穿。

这破衣服搁哪儿去了？

我在衣柜里胡乱翻找，把里面的衣服一股脑全拽了出来，直到它们又在地板上堆成了山。但它就是不见踪影。我确信我把它交给贝内克夫人帮忙清洗了。她通常会把每件衣服都放回抽屉。那这件怎么会哪儿都找不见呢？

我气恼地走进卫生间，把洗衣筐里的衣服一件一件扯出来看。里面又理所当然地装满了罗恩的衬衣，是他出差回来后塞进来的。有那件浅蓝条纹的昂贵衬衣，还有那两件埃及棉的，而我的毛衣原来也在这里。我惊愕地愣在了原地。毛衣上有个暗红的斑点，看上去像是血渍。

前门传来些许响动，紧接着是一阵疯狂的门铃声。我费力地撑起身，把所有东西重新放回洗衣筐，砰的一声盖上盖子，心里暗暗祈祷别是警察再度造访。

我蹑手蹑脚地往前门走去，尽量不弄出一丝声响，因为我只想看看谁在外面。如果是警察，我就假装不在家。该死，我的车子还停在自家车道上。好吧。如果是警察，我就假装是位不明真相的洗衣工。开梅赛德斯的洗衣女工？我从猫眼往外一看，知道自己可以放心开门了，是那个中介，白痴！他非得这么吓唬人吗？

“太抱歉了，哈特维希小姐，我忘了问您拿钥匙了。没有它们，我可没法带人来参观您这漂亮的大房子啊。”

“在这儿等着。”我不满地对他粗声说，然后转身往罗恩的办公间走去，不一会儿就把钥匙塞到了他手里，随即咣的一声摔上了门。我必须离开这里了。他口中的这栋“漂亮的大房子”简直要把我逼疯了。我迅速跑上二楼，把毛衣塞进一个塑料袋里，又风一样地冲下楼。

/21/

我的天呀，今天可真是忙死我了！我累得瘫在床上，浑身的能量都已被家中的新发现抽干了。不仅如此，恐惧再次将我包围，所以我躲到了床上，希望能藏在柔软的毛毯下摆脱那些念头。到目前为止，这招并不管用，因为那件血衣的影像挥之不去。

一想到那天如果让警察进屋会发生什么，我不由地冷战不止。他们会找到尸体，还有我那件血渍斑斑的毛衣。有人想把这起谋杀栽赃于我。一个名字闪入我的脑中，罗恩。

可是罗恩不会干这种事，我反驳自己。他可能会骗我，但他不会杀人！

我希望自己能找个人谈谈这事，听听不同的观点，让别人出出主意，告诉我什么是对的，可我不知道该找谁。

我不可能和妈妈讨论整件事情，也不想给娜娜添乱。莱因哈德正和家人在塞舌尔度假。他们已经好多年没一起度假了。此时为自己的麻烦去打扰他，我可做不出来。不管怎样……我喜欢我的继兄弟，就像亲兄弟一般爱他。不过因为爸爸更偏爱他，我对他的感情多少还是有些矛盾。

别人很可能会认为我恨他，但事实并非如此，我只是嫉妒他。我一辈子都在为赢得父亲的认可而奋斗，而莱因哈德不需要做任何事情就征服了父亲。他们之间从未严重的争吵过。父亲差不多逢人就会表达对我这位继兄弟的欣赏。我真希望他也能说点表扬我的话，哪怕一次也好。

不，我不能求助莱因哈德。

我想遍了我的好友名单，第一次意识到自己竟然连一个闺蜜都没有。自从安娜移民到伊维萨之后，我就没有闺蜜了。

我无比向往地回忆起我们共度的旧时光。安娜是唯一一个能真正理解我因为出身豪门而痛苦不堪的人。和我一样，她也来自高门大户；和我一样，她也要与随之而来的偏见抗争。她转到我们学校后没多久，便变得与我形影不离。我们联手对抗他人的嫉妒。不仅如此，我们还有共同的兴趣爱好：我们都是狂热的体育迷，她是骑手，我是花滑选手。

长大后，我们双双搬出了家里，在法兰克福一起租了套公寓，每逢周六便大操大办那些灯红酒绿的派对。所有这一切都因罗恩的出现而告终，我开始越发频繁地和他腻在一起。

那当然不是我第一次交男朋友，可是和罗恩在一起，不同于以往。这份感情炽热强烈。刚开始时，哪怕一小时没和他待在一起，都会让我觉得虚度了光阴。罗恩是我的英雄，是不畏我家财富的铠甲勇士。他不靠我们家支持，全凭自身实力跻身上流社会，聪慧过人、才华横溢。

罗恩是我和安娜渐渐疏远的原因。一年以后，我就搬去和他同居了。又过了半年，安娜移民去了伊维萨。从那时起，我们几乎失去了联系。邮件和电话都寥寥无几。

想到自己竟然允许这种疏远出现，我不由伤感万分。我应该去看望她，向她道歉，重续我们的友谊。想象着我们见面时的情景，我感到了一丝希望。能够一起待上几天，我们该有多开心！

重拾了勇气，我又使劲往枕头上偎了偎。索性离开这个城市，摆脱所有问题，这主意令我欢欣鼓舞。在伊维萨，我将有充分的时间好好休息，让生活重新步上正轨，正好也可以思考一下接着该如何伸张正义。

我现在就要订机票！这念头刚一冒出，我就已经打开笔记本电脑开始搜航班了。既能找个人倾诉一切，又能摆脱这里令人压抑的氛围，如此美好的憧憬是近日我遇到的最开心的事了。我带着火一般的热情翻看着各种报价，可没过多久便失望地放弃了搜索。接下来的四个星期都没有余票了，除非我能接受超过 10 小时的航程。

深深的失望开始在心头蔓延。几分钟以前，想到能在伊维萨美美地和安娜畅聊好几天，我的心里终于现出了一缕阳光。此刻，这颗心好似又裹上了一层黑色的帷幕，我不想一个人待着。我需要有人陪伴，我想和人说话。

不知何时，我手里愣然多了那张克里斯蒂安留给我的便条。看着他的号码，我拨通了电话。经历了这么多，我有权利开心几小时！

没过多久，我又和他第一次来这儿时一样，陷入了举棋不定的境地：我该穿什么？这次我可不想穿着浴袍迎接他了。

我想找一件脱起来容易、看起来漂亮、穿起来舒适的衣服。就这样，我找了一件从未穿过的便服——一条细肩带的深红色迷你裙，很性感。我底下什么都没穿。这短小的裙子刚好能遮住臀部。不错，他应该很快就到。很快，我就可以知道那一晚我到底错过了什么，或者至少能知道忘记了什么。我有些紧张。也许一小口香槟可以让我平静下来，就一点。

一阵敲门声突然响起，他比我预计的早多了。我笑盈盈地打开门。我真的很期待再见到他。不过，我的激动没能持续太久，因为眼前的景象瞬间将我的笑容抹杀了：两个男人，两个大块头肌肉男正站在门口，目光冰冷、面无表情。

我一句话都说不出来，飞快地退后一步想把门关上，可他们比我更快。我开始冒汗了，甚而都能闻到一股强烈的恐惧气息。我的喉咙干涩，面色也一定白得吓人。很快，我在各种不适中又多体味到了一剂恶心感。

他们一言不发。体型相对壮硕的那一位，看上去像是年轻版的兰博①，他在我试图关门时猛地挡上前来。另一位看似特意染淡了发色，一下子从我身边挤进了房里，就跟这里是他家似的。门咔哒一声关上了。我一动不敢动，呆呆站在那里，像是被钉住了一般。然后，我感到有一只手放到了我的肩头，粗鲁地将我往前推搡。

“好地方啊，哈特维希小姐。”

---

① 电影《第一滴血》的男主人公约翰·兰博。

尽管金发哥的话音不大，但我的后背还是不由地打起了哆嗦。他的语调听上去很有威胁性，就好像他可以趁午餐时间眼都不眨地结束一条小命。我突然感觉双腿就像是橡胶做的。我跌进椅子里，尽力控制全身筛糠般的抖动。

“站起来，我喜欢这景致。”我乖乖站了起来，希望自己别吐出来。希望……

“我们不喜欢你逼我们……”

胆汁反流到我的喉咙里了，我用力吞咽，好让自己翻腾的胃消停下来。

一定是发生了什么好笑的事，因为他在冲我微笑。可他只是唇角上扬，眼睛里全然没有笑意。我像只被催眠的兔子，眼看着他慢慢向我逼近。我退后一步，可他站到了我面前。

我能闻到他的气息，真不怎么好闻。我还想退后，可这已是极限了。兰博哥就站在我后面，一动不动，坚若磐石。我夹在中间进退维谷。

我真的很冷，但却汗流浃背。金发哥的食指在我的细肩带下滑动。他一把将我拉了过去，这近在咫尺的距离让我的胸都碰到了他的衬衣，而他的呼吸也在我脸上起起落落。紧接着我又感觉到了别的东西，在下面，我差点吐了出来。

他得意地笑看着我，双手在我身上揉搓。他的手指掐进了我的皮肤，很疼。不过当他的手小心翼翼地沿着我的大腿往上游移时，那动作几乎可称作温柔了。不急不慢，勇往直前。直到他的十指到达了那里，那个不该去的地方。

不要！

这个词如尖叫般回荡在我的脑中，可是我根本发不出声音。

“你最好想办法做些补偿，好吧，甜心。你可真把某人惹火了。”他在我耳边低声道出了这些话，仿佛他是我的爱人一般。“如果你的表现不是非常、非常棒，那一小段不错的强暴就会是你最好的结局了。”

他低头看着我。那皮笑肉不笑的笑容又出现了。然后，他放开了我，猝不及防，以至于我一个踉跄就势往后倒去，但兰博哥挡住了我。他用胳膊肘轻轻把我往前一推，我差点又撞进金发哥怀里。好在我稳住了自己，但呼吸断断续续。我两腿一软，轰然倒下。落地的一瞬间，我已不知自己身处何处。

/22/

血!

我困惑地盯着自己的手，手心手背翻来覆去地查看，想知道到底哪里受伤了。

没有伤口。

怪了！一定有原因……想起来了。那两个人：兰博哥和金发哥，还有金发哥对我的威胁，他的手，还有……

我惊跳起来，冲进了卫生间，刚好赶得及吐到马桶里。嘴里的味道可真让人恶心。我趴在洗手盆上，一个劲地漱口。

我憎恨我的生活!

我像个百岁老人似的，拖着脚步，摸索着返回起居室。我径直走向迷你吧，只因酒精恐怕是我现在唯一想要的东西了。尽管没什么好庆祝的，但我还是选择了香槟。几杯下肚后，突然有人敲门。我的心脏就跟条件反射似的突突狂跳起来。是谁？他们又返回来要完成那未竟之事了吗?

我听到一声微弱的呜咽，困惑地转头寻找它的源头，随即意识到那是我自己发出的。敲门声再次响起。这次声音更大了。

我一动不动，静观其变。

“塔玛拉，你在吗？”

克里斯蒂安。我都把他忘了。我现在没心情接见牛郎。可是另一方面，这意味着我不用独自熬过今晚了。想到这儿，我跳了起来，赶忙往门口走去。我打开门往旁边一站，请他进屋。

“嗨。”他和我打招呼，但一见到我，他脸上那俏皮的微笑便骤然消失了。我这才意识到自己应该先照照镜子。

“怎么了？”他问道，满眼担忧地看着我。我不知该如何作答，只能揪住一撮头发别到耳后，以此拖延时间。我不知道该怎么和他解释，或者准确地说，是不知该用什么谎言来转移他的注意力。我的目光落到了手上，那血迹还隐约可见。我都忘了这个了。

“我绊倒了。刚才。不好意思，稍等。”说着，我转身冲进了卫生间。镜子里的自己让我倒吸一口冷气。我看上去就好像刚和飓风干了一架似的，难怪他那么担心了。我慌慌张张地洗了脸，又拿梳子拢了拢头发，这样看上去总算正常了些许。我堆出个笑脸，返回了起居室。

“抱歉，这么蓬头垢面地迎接你。我想我一定是晕倒了，完全不知道自己是那个鬼样子。”

“需要叫医生吗？”他听上去很担心。

“不，不，我已经好多了，真的，只是一个愚蠢的意外，我被自己的鞋给绊倒了，真够白痴的。”我佯装大笑一声，竭力给整个事情来点幽默风味。但我从他的脸上看出，他觉得一点也不好笑。不过，他拉住了我的手。

“你坐下来也许会好受一些。”说着，他把我拉到一张椅子旁，轻轻推我坐下。我放松地听由他安排。有人陪着真好。只要他在这里，就没人能伤到我。

“不要！住手！”我拳打脚踢，反抗着那双势欲按倒我的手。我必须离开。我必须尽全力往前跑。

“塔玛拉！塔玛拉，醒醒！”

这几句话花了好一阵子才终于闯进我的意识里。

“怎么……我刚才怎么了？”我问道，努力辨识黑暗中的东西。突然间，一团亮光溢满房间，照得我眼睛生疼。

“你做噩梦了。”克里斯蒂安回答道。我困惑地环顾四周。我们是在酒店套房的卧室里。克里斯蒂安正躺在我旁边。他那一侧的床差不多可以用整洁来形容，而我这一侧则仿佛刚与一整个军团发生了恶战。枕头全都皱巴巴地堆在床头，毯子看上去像是被我当成沙袋用了。

“对不起。我不想吵醒你的。”我一边说，一边尽量让枕头们恢复原貌。

他叹口气，坐了起来。“你在害怕什么？”

“害怕？你什么意思？”

“塔玛拉。我从没见过谁在睡觉时惊恐发作，何况还接连发作。更不用提你的恶梦了。刚才那个可不是你今天晚上的第一个恶梦。相信我。”

“哦，是这样的，我最近刚和男朋友分手，这事真叫我深受打击。”我告诉他这些，是希望他别再追问了。

“他打你了？”

“没有！罗恩绝对不会做那种事，我刚才真的绊倒了，把自己伤着了。也许我不应该喝那么多香槟。”我可怜兮兮地补充道，虽然心下为自己的谎话窘得一塌糊涂。我希望他相信这个故事。过了一会儿，他才再度开口。

“然后呢？”他还是一脸狐疑，专注地看着我。

“我自以为很了解他，但恐怕不是那么回事。他会做一些我想都想不到的事。”

“过来，”克里斯蒂安靠了过来，伸出手臂环抱着我。“有我在，不怕。”他在我耳畔低声道。

/23/

第二天早上我醒来时，身旁已空无一人。床头柜上有张纸条："需要我就打给我。"我头疼欲裂，而明晃晃的阳光还透过窗帘照进了屋里，异常刺眼。我真希望自己已经死掉了。那样至少不会再觉得头痛，还能摆脱这一团乱的生活。我拼命打消这阴郁的念头。可是没那么容易。忧郁已潜伏在我的意识深处了，就等着我对它俯首称臣呢。

伊维萨！既然订不到机票，那我就开车去。我的确有好多事情需要解决，但继那之后也没什么理由留在德国了。眼下，青天白日的，我的恐惧微微退潮。他们伤不到我。我敢肯定！我只是需要点时间。500 万欧元不会在几分钟之内就能从一个账户转入另一个账户。他们肯定会意识到那一点！假如金发哥和兰博哥说的是那笔钱的话……

我无比沮丧地呻吟一声，揉了揉眼睛。此刻，我真的痛恨自己的生活。我甚至都不能和克里斯蒂安痛痛快快地共度一夜。这次也同样没有任何记忆。只是这一次，我知道原因：根本就没有做过。昨天，我很高兴他只是拥我入怀。我没有能力再做别的了。那就是支付 500 欧的好处，我那颗玩世不恭的心补充道。你有权决定要发生什么，或者不发生什么。

至少，它给了我无忧无惧的一夜，我反驳道。但我随即意识到得停止自言自语了。马上！否则我一准会进疯人院。

转念一想，这通通都是罗恩的错。我知道他是这一切的背后主谋，虽然我还不清楚他到底有何阴谋，那具尸体，那确定无疑的出轨。还有昨天威胁我的那两个恶棍。

想到这里，我发出一声长叹。我既不是私家侦探，也不是肝胆过人的女中豪杰，我究竟怎样才能脱困？

我想要过回正常的生活！日复一日，无忧无虑。所以，我要采取和罗恩一样极端的措施。我们走着瞧。尽管我的头还在疼，而且我都怀疑它现在得有以前的两倍大了，但我还是抓起电话给他打了过去。电话那头传来罗恩困倦的声音。

“以后你少惹我。”我冲着听筒咆哮道。

“塔玛拉，是你吗？”

“当然是了！还会是谁？你是前女友太多，都听不出我的声音来了？”

沉默。他没有回答。而且，他不是一个人，因为他旁边还有个半梦半醒的声音在问怎么回事。

“你以后别再骚扰我，不然我就去报警，然后告诉他们一切，一切！”

我的声音近乎刺耳，我知道自己已经歇斯底里了。可心中肆虐的恐惧与愤怒让我难以保持冷静。我投身的这场战役，如今似将失控。

“你在说什么？”这是我认识罗恩以来，第一次听到他有失常态，他慌了。

“你当然知道我在说什么。”我说道。

“不，我不知道，塔玛拉，但是有一点很确定，不吃那些药片会对你有好处。它们不适合你。”

我不耐烦地打断他。

“我今天下午会去你办公室。我们得一起计划一下卖房子的事。我只需要一份给中介的授权委托书。然后我就彻底离开你的生活，永远。”

“塔玛拉，我……”

不等他回答，我就挂了电话。我不想再听他的谎言和借口了。

几小时后，我进了罗恩的办公大楼。你总能在那儿找到罗恩，哪怕是星期天。他多年来一直保持着周末开车到这里工作几小时的习惯。他说，因为只有那时候办公室才能清静下来，他才能处理重要文件。

罗恩在西区工作，那是法兰克福的富人区。他任总经理的那家私人银行的办公区就位于这座有年头的大厦里，里面处处散发着古色古香的气息。高高的天花板，闪亮的拼花地板，还有那呼之欲出的铜臭味似是在每间屋子里来回飘荡。

“下午好，哈特维希小姐。”门卫招呼了我，他每个周末都会来值班。我冲他点头微笑了一下，便匆匆走了过去。我希望赶紧结束和罗恩的见面，自此彻底从他的生活中消失，永远。

我走进他的办公室，一种懈怠迟钝的感觉油然而生。他从办公桌后面走出来，向我伸出双臂，亲吻我的面颊。这举动着实把我惊得目瞪口呆。

“很高兴你来这里。”他说道。他哪根神经出问题了？发生了这么多事情，他能想到的就是这么一句空洞无聊的客套话？罗恩继续微笑着，好像这样打招呼是世上再正常不过的事了。

“要不要坐？”他指了指办公桌旁的皮椅说。

“坐啊，当然要坐，”我回答道，“你看上去不错。”我补充说，佯装附和他的鬼把戏。为什么我就应该是唯一需要费神琢磨对方行为的那个人？

“喝点什么吗？咖啡，还是水？”罗恩巧妙地回避了我刚才的话题，让我有那么一瞬间觉得自己彷如一个来贷款的普通客户。

“不，不，谢谢。我不想喝东西。我不想打扰你工作。”

“不会的，我有时间，毕竟，你在我生命中仍然是最重要的。”罗恩趴在办公桌上冲我微笑着，那眼神分明有求于我。但不等他开口，我就立马说道：“你得签了这份协议，这样房产中介才能为我们代理。另外，我还准备了一份授权委托书。这样一来，我不在时，你也可以签订购房合同。不过得由我事先当着中介的面同意授权才行。”说着，我不等他发表意见，便将文件递给了他。

“随你好了。”罗恩一边说，一边快速浏览了一下协议书，点了点头。“我没问题。”他签了文件，交还给我。“不过我希望咱们现在别谈什么分手的事，谈点别的。”

“我不知道你想谈什么。”

“塔玛拉。”罗恩站起来，绕过办公桌，一条腿跪在我旁边的椅子上。“亲爱的，我知道我这么要求很过分，但你就不能原谅这个错误吗？当然，我不指望你现在就嫁给我。我们可以把婚礼延期。可那并不表示我们非得劳燕分飞啊！”

罗恩恳求地看着我，我意识到自己的决心在动摇。他的表情是那么真诚，一副幡然悔悟的样子。如果他没有背着我和别人乱搞，我很可能会冒险原谅他，给他一次机会，再次相信他是真的爱我，但我拒绝了他，起身往边上走了几步，和他保持距离。

“不！”我摇头道，“不可能了，罗恩。我不能接受一段缺乏信任的感情。”我说的每个字都发自肺腑，即便它们只道出了一半实情，悲伤如潮水般淹没了我，我曾经那么希望罗恩是与众不同的。我曾经那么深信他就是我的真命天子。

“你真准备因为一点暂时性的小问题就放弃一切？”

“罗恩，这个暂时性的小问题可是发生在你我婚礼的四周前！你怎么能？你怎么能对我做出这种事情，还认为我会原谅你？”

“我……我不知道我怎么会那么做。”罗恩将手指插到头发里，站了起来。“我最近压力很大，然后是婚礼，还有和你母亲的争吵。我不知道自己是怎么了。”罗恩摊开双臂做出很无助的样子。“但我本来希望，你可能会因为深爱我而愿意再给我一次机会！”

“不，我做不到，对不起。”

失望之情在罗恩的脸上蔓延开来，还夹杂着其他东西，也许是愤怒。但我还没搞明白那是什么，他就已经换上了一张虚情假意的笑脸。

“真遗憾，我很后悔自己的所作所为，你一定要相信我。”

我没有回答，只是点头，因为我怕自己会说不出话来。我的确在生罗恩的气，他辜负了我的信任，毁了我们的感情，实在十恶不赦，但此时此刻，悲楚正无可阻挡地噬咬着我的心。

“好吧，既然事已至此，你也确定不会再改变主意了，那么请问，我能不能送你到门口？”我们到达前厅时，他把我搂进怀里，亲了亲我的面颊。

“我会想你的。”他在我耳边低声道，然后一把将我推出门外。门在我身后发出咔哒一声，轻轻地关上了。前厅只剩下我一人了。闪亮的黑色大理石地面映着我的影子，而与此同时，在我脑海中打转的问题又多了好些。

/24/

我在房间里进进出出地整理行李，脚下厚厚的木地板嘎吱作响。我换了酒店，因为我要确保没人能找到我。

我选了一家规模更小、更不惹眼的酒店。这家新艺术风格的酒店位于法兰克福的萨克森豪森，在美因河对岸。酒店房间古老但装饰精美，让我仿佛穿越到了另一个时代。

谨慎起见，我用现金提前预付了一周的房费。我从 ATM 机取的钱，然后将信用卡剪得粉碎，丢到了垃圾桶里。直到今天我才意识到，那两个家伙可能是通过信用卡账单找到我的。那是我唯一留下的痕迹，至少我是这么认为的。

很快，我就把衣服全都挂到了衣柜里。我的两个包现已腾空了一个，另外一个里还留着些暂时用不上的东西。我把它放进了走廊尽头的那间小储藏室。前台接待员向我保证，入住期间，我的包可以一直搁在那儿。

一回到房间，我便坐在窗边那把舒服的旧椅子上，翻看随身带来的一本书。我想专注于故事情节上，可我做不到。才过了几分钟，我就跳了起来，开始在屋里来回踱步。木地板随着我的步伐嘎吱作响。我应该停下来，不然楼下的人一定会投诉了。于是，我又坐回了椅子里。也许老旧的木地板没有我想得那么好。再看看有什么电视节目吧。没一个好看的台，星期天下午就是这样。

我垂头丧气地开始仔细打量这间房。经灰泥粉饰过的天花板，占了大半个房间的四帷柱大床，看上去就像每个小女孩都梦寐以求的那种卧室。太无聊了！我现在该干什么呢？我不想回我们的家。我也不敢去见妈妈或是朋友，因为如果有人想找我，他们首先就会想到那里。

我长叹一声，站了起来。让那协议见鬼去吧。我在协议里同意将在几天后离开法兰克福。可现在看来，两天都漫长得很。我要马上离开这里。

我驱车在高速公路上疾驰，仪表盘上显示时速已达 200 公里。连日来，我第一次感受到什么叫自由自在、无忧无虑。就好像那无形的负担全都留在了法兰克福。我不知道自己会离开多久。不过无所谓。我还留着酒店房间，回去也有地方住。随时都行。只要我觉得合适。

如果我开得够快，只需 14 小时便可到达巴塞罗那。我可以在周一早上 10 点前赶到，还来得及去一趟比邻港口的步行街蓝布拉斯大道，安安静静地吃顿早餐，再去赶晚班渡轮。

/25/

伊维萨岛！渡轮沿着码头岸壁慢慢停靠下来。我深吸一口气，带着咸味的空气瞬间沁入肺腑。我沉醉地望着眼前这座小镇。一栋栋雪白的房子越来越近。那些依山傍水、俯瞰海港的屋舍似已触手可及。

我一直都非常喜爱这座小岛之城。即便嬉皮士的年代早已远去，但你仍能在这儿的酒吧和咖啡厅里感受到它昔日的残影。伊维萨还是那些打扮得光鲜亮丽的人士的乐园。晚上，当海港这一侧沸腾起来时，夜猫子们便蜂拥而至，你大可一睹身着各类奇装异服的人。

这里好明亮，不似法兰克福的灰暗与阴潮。太阳看上去就像天堂里的一张笑脸。港口和城市慢慢鲜活起来的声音飘进我的耳朵里。渡轮已经驶入码头，几条粗壮的绳索将船身稳稳系在岸边。不久，货舱的门放了下去。第一批车辆离开了渡轮。

没过多久，我面前就放了一杯热气袅袅的牛奶咖啡。我已置身著名的玛丽索尔（MarySol）咖啡店，端坐在几株棕榈树下。咖啡店就在港口上，能听到码头工人的叫喊声、趁清晨时分打扫大街的环卫车的噪声，还有身后的咖啡店传来的觥筹交错的声音。天堂的美景恐怕也莫过于此。我闭上眼睛，嗅到缕缕咖啡的芬芳，继而小啜一口，暖暖的，美味极了。

我浑身放松地往后一靠，享受阳光洒在皮肤上的暖意。真想永远待在这里。这念头刚冒出来，就有一只手放到了我的肩头。我脖子上的汗毛倒立。这里没人认识我。我慢慢转身，然后下意识地长吁了一口气。

来者是位老太太，她看上去非常友好，正比画地和我说着什么。她讲一种我从未听过的语言。我的心率再次平稳下来。谢天谢地！老太太疑惑地看着我，等我回答。可她那令人费解的话，我一个字都没听懂，只好对她摇摇头。

“我听不懂。”我用德语回答道。

老太太认真思考了一下，然后开始用断断续续的英文和我说话。现在我多少能听懂一些了。见她拿出一叠纸牌，我明白她想干什么了。我又摇了摇头，但她没那么好打发。她已经顾自在我身边坐下，开始洗牌了。洗好后，她示意我选一张，我犹豫了，我其实并不喜欢这种愚蠢的行为。如果它真能告诉我什么，那只会更糟糕。万一她真能看出前几天发生的事呢？不过，我还是接受了她的邀请。想尽快把她打发走，那就陪她玩玩好了。

她一张一张地把牌摆好，直到桌上的牌列成了六排，每排都有六张彩色图卡。她沉默了一会儿，脸上的表情异常专注，仔细查看我们眼前的牌阵。然后，她的一只手在纸牌上动作起来，把它们胡乱混作一堆，口中念念有词。

我还没来得及说话或抗议，她就已经走了，那腿脚比我想象中利落多了。她又回头看了我一眼，摇摇头，继续赶路，转瞬便没了踪影。

疯女人，我的好心情全没了，胃里一阵阵的恶心。她为什么不告诉我她看到了什么？我试图摆脱这些思绪。这件事从头至尾都没帮到我一星半点，我只求远离烦恼而已。

希望她在家！我仔细打量着安娜家的大铁门和通往前门的狭窄的石板路，心里有些紧张。墙壁已褪成了暗粉色。我上次来看安娜时，那颜色还很鲜明。当时安娜刚刚重新粉刷了房子，不过那已时隔多年。

我尽量不弄出声响，也许她已经睡了，我犹豫了一下，我已是擅自登门拜访，更不想惊扰她的好梦。片刻后，我还是迫使自己继续迈步，穿过大门，沿着石板路往前门走去。如果我吵醒了她，那只是运气不好而已，重要的是，我希望她见到我会很开心。

我刚要举手敲门，门便轻轻打开了。一只猫咪猛地从门缝里钻了出来，从我身边窜过，像影子一般消失在灌木丛中。安娜出现在门口，目瞪口呆地看着我。

“你好，安娜。”

“不可能……塔玛拉！我简直不敢相信！”我注意到安娜脸上露出了灿烂的笑容，顿时如释重负。

“希望我来的别不是时候啊。”

“胡说，快进来，见到你我可太高兴了。我都几辈子没看到你了。”不等我回答，安娜便拉着我进了她的小家，带我穿过昏暗的走廊，来到了屋后的露台上。她在那里创造了一个小小的乐园。花儿在大花盆里疯长，两株小小的棕榈树遮阴避暑，还有舒服的柳条家具，让你特想拿本好书在此安享一日的清闲。

没多久，我就在铺着座垫的藤条椅上落了座，面前是新鲜出炉的羊角面包，还有我今天的第二杯热气腾腾的咖啡。

“你什么时候到的？怎么不提前说一声？你和罗恩一切都好吧？”

我笑了笑，举手示意。“一次问一个问题，好吗？”

安娜大笑起来。“抱歉，我只是太长时间没看到你，然后你又突然出现在我家门前，我以为再也见不到你了呢。”

“对不起，安娜。”我咽了口唾沫，发现眼泪又开始在眼眶里打转。我这是怎么了？我坚决地把眼泪忍了回去，先假装清清喉咙，又开口说道：“我本该好好和你保持联系的，只是不知为什么……我不知道，我以为我们已经疏远了。”

安娜把手放在我的肩头，安慰我。显然，我没能掩盖住自己的动容。

“也许我们已经疏远了，可我们还可以做朋友，不是吗？”

“希望如此，对不起，安娜。真的。”

她不以为然。“不是你的错，我也没给你打过电话啊。我的生活发生了很多变故，而我花了很长时间才找回自己。不过那都不重要了，和我说说你的事吧！什么风把你吹到这儿来了？”

“我需要休息，需要安宁，我觉得来这里放松一下会很管用。”我咕哝道。不过安娜怀疑地看了我一眼。我骗不过她。她知道事情没我说得那么简单，我的造访一定另有原因。

“我有很多话要对你讲，发生了一些很糟糕的事情。”我终于承认了。然后，我开始倾诉，对她和盘托出。罗恩的不忠，那具被我仓皇埋掉的尸体，我被人跟踪、遭人威胁的事，以及我对罗恩在这一系列事件中究竟扮演了什么角色的困惑等等。

好久都没这样对她坦承心头的重担了。我说完后，我俩都默不作声。我既感到筋疲力尽，又觉得如释重负。就好像我刚刚到教堂做了忏悔。现在的问题是，安娜是否会赦免我。

“你一定是走投无路了，”她终于开口道，“你的生活全乱套了。”她摇了摇头，“但你一定也意识到了这事必须报警吧？”

“我知道。”我暂且闭上了双眼。没什么作用，因为我脑中的影像没那么容易抹掉。“可我不信任他们，他们会认为是我干的。安娜，当时只有我一个人在家，我没有不在场证明，万一他们不相信我怎么办？万一他们认为是我杀了那个人怎么办？”

安娜用双手搓脸，又停下来揉眼睛。这是她需要思考时的招牌动作。“你先住我这儿，然后我们一起想想下一步该怎么办。”

“谢谢你，但我不想给你添麻烦，我到附近的酒店住就好。”

“别傻了，你当然要和我待在一起。”

“我不知道，安娜。万一我给你招来危险了呢？我不确定他们是怎么在梅茵哈顿找到我的，我不希望你出任何事。”

“不用担心我，我知道怎么保护自己。去年我就在家里装了警报系统，而且……”安娜调皮地咧嘴一笑，“……我现在交往的对象，安东尼奥，他是个警长。你不会相信，人们一旦知道你有警察做靠山，会突然变得多么友好。就只有那些喝高了的游客还会偶尔制造点麻烦罢了。”

/26/

“你真的这么认为？”我狐疑地看着镜子里的自己。这套衣服真的非常……暴露。

“是的，你看上去美极了，像个致命的蛇蝎美人。”

我不由大笑。“我觉得这个比喻用在我身上恰到好处。蛇蝎美人，确实够祸水的。”

“没错。就它了。”

“那好吧。”我把试衣间里堆成山的衣服收拢来，走到了收银台。我决定就穿着刚才试过的那件又短又暴露的裙子。几分钟后，我俩已经漫步在圣安东尼奥的大长廊上了。我必须同意安娜的说法。这条裙子像磁铁一样吸引着男人的目光。利用眼角的余光，我瞥见一个家伙因为扭头看我和安娜，差点撞到灯杆上。

我满意地叹口气，张开了双臂。

“在这里实在太爽了！”

“是的，这里是人间天堂，每天早上，我望着大海，就觉得自己当初一定也多少做对了一些事。”

“绝对，我们去喝杯红酒吧，好好庆祝一下我们的团聚。”

安娜大笑，“现在你才像我认识的塔玛拉！”然后，她指向一家小咖啡厅。它看上去就像是长廊中央的一座小岛，挤满了滞留的游客。

“真去？里面已经人满为患了。”

“去，而且有充足的理由。”她回答道，然后拉着我的手，果断走向后面角落里的一张小桌子。这里竟然没人坐，简直是奇迹。

“太好了。”安娜满意地舒了口气，往椅子后面一靠，扭头面向太阳。我也在座垫上坐定，欣赏眼前的美景。温暖的阳光倾泻而下，海鸥鸣叫着在海湾上空盘旋。

“我真该早点来。”

“是呢，我很想你。不过你这不是来了吗？打算待多久？”

“我不知道，一星期，或者 10 天？我没有任何计划，就是想离开家，放松一下，给自己一点思考的时间。”

“那就随心所欲地待下去吧，你要决定的事可不少。”

我点点头。她说得对，是时候做出决定、接受事实了，不能再一味地逃避、盼着所有问题自行消散了。

我们在咖啡厅里待了很久，感觉有说不完的话。这次主要是听安娜讲。她把这些年来发生的一切统统说给我听，她历尽艰辛成了一位知名的珠宝设计师，她设计的珠宝现在几乎已经打进了岛上所有的商店，甚至大陆地区的客源也在不断增长。

我们动身返回她的住所时，已是下午 3 点。这暖烘烘的天气让我昏昏欲睡，于是我们决定学习一下西班牙人，睡会儿午觉。

我一睡就是两个小时。醒来后，我又在床上躺了一会儿，打量着这间客房。房间不大，简单地陈设着一张双人床、一个五斗橱和一个嵌入式衣柜。几扇窗子上都装着百叶窗，阳光透过缝隙洒到了地板上。屋里很凉快。我满意地叹口气，复又闭上眼睛。

轻柔的敲门声再次叫醒了我。

“塔玛拉？你醒了吗？”安娜轻声问。

“是的，请进。”随着房门合页吱嘎一声，一只猫跳到了我的床上。它发出轻微的咕噜声，开始在我肚子上踩来踩去。

“这是哪位啊？”我问道，轻轻把小家伙放到地上。

“她叫敏，你睡在她的床上了。”安娜回答道，“安东尼奥刚才来电话了，问我们愿不愿意和他共进晚餐。你想去吗？他很好奇，我把你的情况全都告诉他了。如果你愿意的话，我们可以在他那里过夜。”她微笑着说道，“他珍藏的红酒非常棒，每次只要无须再开车出门，我都会畅饮一番。”

“如果我不会碍事的话，当然乐意去了。”我精神十足地坐了起来，把毯子扔到身后，挪坐到床边。“给我一刻钟准备一下。”

“好的，我在露台上等你。”安娜关上房门。我起身洗脸化妆，敏则无拘无束地待在自己的床上。

我们得横穿小岛才能到达安东尼奥的住处——毗邻圣欧拉利娅风景区的一间小农舍。这座古老的房子建在一个大花园里，周围都是虬曲盘错的橄榄树，非常美丽。

安娜先带我看了客房。不过我只在房间里停留了片刻，放下我那个装有明天的换洗衣服和小化妆袋的双肩包后，就赶紧出来了。

“他很快就回来。”正在走廊里等我的安娜看了看表说，“我去厨房做饭，过来陪我吧。”

“好啊，不过得让我帮忙才行。”

安娜拒绝道：“没太多要做的，我们就只需煮个意面，再配点罗勒青蒜酱和沙拉就行了。”

她准备沙拉、煮意面时，我们就围在厨房中央的木桌旁。安娜说得没错。红酒真的很棒，浓郁绵软。我很高兴我们今晚不用返回她家。这酒只需两杯就能把我放倒。

“安娜，你真是厨神。当然，你也是，塔玛拉。”待我们一起坐在露台上吃甜点时，安东尼奥这样盛赞我俩。幸好他的德语很流利，所以我无需用我那水平有限的西班牙语和他勉强交流。

“我都不会管那个叫烹饪。”安娜表示不屑，不过我看得出来，那几句美言还是让她很受用。

“你觉得伊维萨怎么样？”

“很漂亮，我真想一直待在这儿。”我回答道，发现这还真是肺腑之言。我完全能想象在这小岛上度过自己的余生。

“谁知道呢，没准你也会像安娜一样移民过来。一旦遇到西班牙男人，你就永远都不想离开了。”他眨眨眼补充道。安娜打趣地照着他的胳膊拍了一巴掌。

“别听他瞎说，”她对我说道，“他忘了提西班牙男人有多自高自大了。”

我笑了。看到安娜这么幸福，真叫人喜不自胜。此前，她的感情一直不顺，不过这次看起来终于今非昔比了。

“塔玛拉想请你帮忙出出主意。”安娜插了话。我苦笑一下，心知这是在暗示我该讲讲自己的遭遇了。可这毫不隐晦的暗示，着实令我措手不及。我宁愿大家先无伤大雅地说笑一番。

“安娜说得没错，”我犹豫地承认道，“我有一件事，有点复杂，想征求一下你的意见。”

“这我知道。她已经告诉我你遇到麻烦了，而且还明确要求我，如果你愿意告诉我事情的经过，我得发誓不会把你交给我的德国同事。”他微笑着说，“你不用事无巨细地全都告诉我。作为警察，有些事情还是不知道为妙。”

“好吧，那我就从头说起好了。”于是我迟疑地讲了起来，“上周一的早上，我在我们家厨房里发现了一个令人深感不适的东西，兴许可以称之为异物。”这词用来描述尸体可真是恰如其分，我暗自为自己叫好，继续道，“这个发现让我忧心忡忡。然后……我把那异物挪走了。”

“你干了什么？”

“我……呃，我……所以……”

“为什么不报警？”见我迟迟答不上来，安东尼奥问道。

“我怕他们会认为是我干的，而且警察刚刚来过我家。有人报警说我家进贼了，他们想进去看看是不是一切正常。那时候我并不知道……厨房里有异物。”

“很奇怪。”安东尼奥皱起了眉头。“后来呢？”

“我仔细检查了所有房间，因为我害怕家里还有别人，但的确只有我一个人。惊恐之下，我把所有东西都清走了，包括我发现的异物，还有诸多痕迹。后来我才意识到那是个多大的错误。我应该向警察说出实情的。我让自己陷入了非常糟糕的境地，对吧？现在，他们再也不会相信我了，是吧？”

“我必须承认，事情的确不容乐观。”安东尼奥回答说，“就算你没有犯下多宗罪状，但至少有一条你难辞其咎。你曾表现出一切完全正常的样子，结果几天后又承认自己有个奇怪的发现，这非常可疑。”

我点点头。“是的，我也意识到这点了。不幸的是，那还不是全部。”

安东尼奥怀疑地看了我一眼，挑了挑眉毛。从他的表情我能看出，在他眼里，无须额外补充，我的麻烦便已经够大了。

“我被人威胁了。”

“你被人威胁了……和这个发现有关吗？”

“没有，我是说，我不知道。来了两个男人，他们说有人不喜欢我做的事，但我不知道他们指的是什么。一开始，我以为他们是想让我把从前任的账户里转走的钱退回去，但现在我不敢肯定了。”

安东尼奥发出一声叹息。“好吧，我开始明白为什么你说这事有点复杂了。那钱又是怎么回事？”

“我想要报复罗恩，我的前任。我想要惩罚他的不忠。所以我把他的钱转入了他名下的另一个账户，一个老的储蓄账户。那是他的账户，我并没有偷任何东西，但他不知道我干了这事。”

“会不会是你有惹麻烦的天赋呢？”

“他背叛了我！”

安东尼奥抬起双手，作防御状。“我不想干涉你，那是你的生活。但是安娜说你需要我的建议，所以……”

“等一下，”我打断他，“还有一件事情你需要知道。”

他叹口气，等我继续说下去。

“目前看来，罗恩似乎和我在家里的那个发现有所牵扯。罗恩声称要出差，但我发现他并没有去，他那个周末是和女朋友在附近的酒店里度过的。另外，在……呃……那件事发生的当天，他一定在家。”

“我这么理解对吗？有人犯了罪，罗恩没有不在场证明，实际上他就在附近，还很可能就是罪犯？”

“是的，但看上去他想把一切都嫁祸于我。不然，我实在想不通我的毛衣上怎么会有血渍。”沉默，该死，我不想说这个的，但它不知怎么就自动冒出来了。

“我不想知道那些。”安东尼奥咕哝道，随即一口干掉了杯中的酒。“那么，我再总结一遍：警察来了，你把他们送走了，然后发现厨房里有不同寻常的东西。接着你受到了威胁，并发现了罗恩兴许就是罪犯的证据，是这样吗？”

“没错。”

“换句话说，罗恩很可能就是罪犯，还试图嫁祸于你，而你已经隐匿或者说毁掉了本案的所有证据？”

“是的。”

“老天！那可不妙。”安东尼奥摇了摇头。“你这是火上浇油呢。”

“我也有同感。”我叹息着承认道，“我现在该怎么办？”

“你早该报警了，那是我能给你的最好建议，因为我非常确定你想活得更久一些。现在看来，你好像已经把自己逼上了绝路。”

“你说得对，只是……我需要……我需要放下一切，好好思考一下整件事。在德国时，灾难层出不穷。我根本没办法理出一丝头绪。这就是我为什么会来这里。”还有一个原因是我觉得这里安全，我暗想道。但他势必知道这一点。现在，我确信，他对我的看法已经不太好了。

“越早报警越好。”安东尼奥专注地看着我，“相信我，你掩盖得越久，结果越糟糕。你机关算尽地销毁所有证据，就已经让自己身处险境了，你妨碍了调查。公诉人只需提供比你刚才所说的少得多的证据，便足以给你定罪。最后一点，你无法证明你没有协助过真正的罪犯，而那还是最好的结果。如果你非常非常不幸，他们会认为你就是凶手。”他补充道。

“哦。”我的心剧烈地跳动着。谋杀指控的场景在我脑中盘旋。安东尼奥，这位如假包换的警察所分析的结果，正是我一直害怕的。

“这种情况下会怎么判刑呢？”

“这取决于你销毁了什么样的异物，以及相应地触犯了哪条律法。”

“噢。”我想我会等一段时间再去报警。也许假装从未发现过尸体会更好些。我若不说，还有谁能证明我曾发现一具尸体并将其埋掉了呢？另外……

“塔玛拉？我说清楚了吗？”

“哦。”我惊恐地抬起头。希望安东尼奥没有猜透我的小心思。

/27/

我醒来时，已临近正午。安东尼奥请我们喝的红酒果真名副其实。连日来，我第一次睡得这么沉。我躺在床上，心满意足地伸伸懒腰。不过，这美妙的感觉没能持续太久，因为安东尼奥的那些话已在我脑海里稳稳地扎了根：凶案的从犯、谋杀指控、妨碍司法公正。还不一定，对吧？至少，据我所知，这些都还未可卜。显然，无论哪个死去的家伙是谁，到现在连个寻他下落的人也没有。

“早上好，睡得好吗？”不久后，我进到厨房，安娜冲我招呼道。

“是的，谢谢你。”尽管已经 11 点了，而且我也彻底睡饱了，但还是禁不住打了个哈欠。

“给你，我觉得你需要来杯咖啡。”说着，她把一个热腾腾的大杯子推到我手里。

“你真是天使！”我半闭着眼睛喝了一小口。没过多久，咖啡因就起作用了。“你起来很久了？”

“嗯，有一会儿了。我 8 点起的，和安东尼奥一起吃过早餐了。你随便吃啊。”安娜指着面包篮道。那里装满了羊角面包和小圆面包，正等着我大快朵颐呢。

我饿虎扑食般地扑向了它们。你会以为我好几天都没吃东西了。

“今天带你体会一下伊维萨岛最典型的日常生活，怎么样？”

“什么样的日常？”

安娜笑了。“首先，你至少得睡到大中午。我们还没怎么掌握这睡功，不过你初来乍到，表现倒是相当不俗。然后我们先去海边，再去做做发型美美容，这至少应该要一个小时，完事后我们得找家咖啡店看夕阳。在店里吃罢晚餐，就去酒吧玩。如果还没玩过瘾，那就转战夜总会。不过那要等到凌晨 1 点以后，去早了没什么好玩的。”

“听起来不错！”

“好，那咱们就先从拉斯莎莉娜斯开始吧。那是有钱有颜……有胆的人的海滩，全裸喔。”她咧嘴一笑，补充道。

几小时后，我意识到在海滩待一天也会令人精疲力竭。我原只想在安娜的客房里小憩片刻，可不知怎的却睡了过去。醒来时，我不清楚究竟几点了，但如果想欣赏落日，肯定得尽快动身了。

我挣扎着下了床。我还得冲凉、化妆，然后还要决定在这著名的派对之岛的第一夜要穿什么衣服尽情狂欢。

门外的响动打断了我的思绪。安娜！她一定早就准备好了，就等我现身了。

不久后，我们沿着低矮的山冈慢慢往圣安东尼奥的岩石海岸走去。沿海的几家咖啡店和餐厅全都面朝大海，可以远望那已将天空染成了橘红色的夕阳。

微风拂面，带着大海的味道。地平线上的光晕仿若一场焰火表演，红色、橙色、浅紫色，美不胜收。我们进了第一家餐厅，在一张小桌前坐定，音箱里传来缥缈的轻音乐。

我们默默不语地坐了一阵子，看着太阳慢慢沉入大海。

安娜说得没错。这的确是我这辈子见过的最美的夕阳之一。我们要了一瓶西班牙红酒，点了丰盛的美食，看着喧闹的年轻人在白天睡足之后，准备将这黑夜变成白昼。

咖啡店旁的沙滩上，一些吞火魔术师正在大秀绝活，周遭还混杂着杂技演员和随着锣鼓声摇摆的舞者。此刻，就连店里那些被太阳晒得浑身通红的英国游客也无法破坏我们的好心情。

晚餐后，我们又去了另一家酒吧，也是在海边。这里的房间和海滩仅隔了一层帷幕。拨开从细细的金属杆上垂下的丝制白幔，大海便一览无遗。

我要了一杯卡皮利亚鸡尾酒，背靠吧台，看着周围的人群。安娜则在一旁热火朝天地和酒保讨论时下“流行”什么鸡尾酒。

“嗨，你好吗？”一位瘦瘦高高的帅哥走了过来。尽管他留着一头长长的金发，看起来却不失男人气概，可能是因为那件紧身 T 恤恰好突显了他结实的双臂吧。

“还不错，你呢？”我一边继续暗暗对他品头论足，一边回问道。我在哪里见过他。对了，他就是海滩上那位吞火魔术师。

“好极了。”他露齿一笑，斜靠在我旁边的吧台上。“你来一支吗？”他递过他的香烟来，但我婉拒了。他耸了耸肩，点上一支。希望他的嘴巴在吞下那么多烈酒后别着火才好。

我不太记得这是怎么发生的了，但后来我发现自己和他站在一个角落里。他吻着我，双手在我身上游移，不断将我拉向他。被帅哥垂涎，感觉蛮不错。我回吻了他，只觉我们此刻是干柴烈火一点即着，于是我也把他拉近，开始探索他的身体。

可是，一幅画面突然浮现在我脑中。克里斯蒂安！就好像被冷水当头一泼似的，我停了下来。我在干什么？我都不知道这吞火吐焰的男人姓甚名谁！但紧接着，我又提醒自己，我可能再也不会见到克里斯蒂安了，而且不管怎么说，他只是个应召男而已。自从我们上次见面后，他一定又和好几个女人上过床了，这就是他的职业。

“去我房间吗？”我的新伙伴在我耳边低语。

“不，你别不高兴……不过，这对我来说有点太快了。”

我带着歉意的微笑，从他怀里抽身出来。我真是头母猪，我在心里责骂自己。可对此我无能为力。不知何故，我现在没有心情和一个陌生人亲热。

“真是遗憾。”他耸耸肩，转身扫视全场，寻找下一个美人，一个比我更喜欢冒险的美人。我回去找安娜时感觉怪怪的。这么容易就被取代了，还真有点滑稽。

“然后呢？”安娜严肃地看着刚才和我接吻的那个人问道。

“我不知道，和一个完全不认识的人那个，不是我的菜。”我坦白道。尽管那不是真正的原因，但也不是谎话。即使克里斯蒂安没冒出来，整件事也进展得太快了。但我给克里斯蒂安打电话的那次要另当别论。那天晚上，是我自主决定要来一次一夜情的。我告诉自己，刚才那个决定根本无关他的超凡魅力与体贴备至。

“你要来杯浓咖啡吗？”我带着僵硬的微笑问安娜，心里却在想着别的事。爱上一个应召男，这事万万不可！幸运的是，她并没有怀疑我刚才不想继续下去是因为想起了一位靠床第之事谋生的男人。她一定难以想象我会傻成那样。

后半夜，我们徒步上山返回安娜家时，两人都已喝得醉醺醺的了。她重重地靠在我的胳膊上。显然，她高估了自己的酒量，因为一路上她全身的重量都压在了我身上。尽管已过午夜，天气还是很热。我大汗淋漓，每一阵微风都让我开心不已。

我们很幸运。现在只需穿过街道，再转入一条分叉的小径就可以了。街灯在人行道上洒下柔弱的光。我胳膊上的安娜变得越来越重。我很高兴通往她家的小路已近在眼前了。一只猫在路旁的墙沿上悠然踱步，不过不是敏。也许是她的仰慕者？接着，我看到了别的东西。我的心脏骤停了一下，随即便突突狂跳起来。

/28/

一辆贴了车窗膜的黑色宝马车。这可能是巧合，我脑中有个声音悄悄说道。但我不相信巧合。我慢慢拖着安娜往后退，躲入一棵大树的浓荫里。我一边紧盯着那辆车，一边仔细思考着。

“怎么了？我们怎么停下了？”旁边的安娜抱怨道。

“小点声，别说话。”我又拉着她往后挪了挪，努力隐进夜晚的暗影中。我很庆幸今晚我俩都穿了黑色的小礼裙。

“怎么了？”安娜试图挣脱我，但我用力抱紧她，让她动弹不得。

“看那边，那辆宝马，停车场那个人开的就是这辆车。”我悄声道。

“差点撞上你的那个人？”还好，现在安娜也开始低声讲话了。她看起来清醒多了，而且似乎也已经明白了形势的严峻。

“没错。”

“他在这儿干什么？他怎么找到你的？”

“我不知道。也许我弄错了。也许这不过是个愚蠢的巧合。”

安娜狐疑地看着我。“这岛上没几辆宝马，尤其是法兰克福车牌的。”

现在，轮到安娜带路了。我们继续前行，进入一条辅路，然后往港口方向拔腿就跑。那里停着等客的出租车。我们钻进了第一辆空车，安娜用西班牙语和司机说着什么。没等我们系好安全带，他就已经发动车一溜烟开了出去，轮胎擦着地面发出尖锐的声音。安娜从口袋里掏出手机，开始打电话。她跟机关枪似的解释着什么。至少，我认为是那样，因为她说的是西班牙语。她很快便挂断了电话，但没等我开口，她又开始拨号了。又是一通西班牙语；过了一会儿，她放下电话，扭头看着我，咧嘴直乐。

“你那神秘的追踪者马上就要有一个讨厌的惊喜了。”她宣布着，满意地往后一靠。

“你给安东尼奥打电话了？”

安娜点点头。“是的，他保证今晚会让跟踪你的那些家伙在牢房里过夜，好让他们醒醒酒。”

“他怎么知道他们喝多了？”

“他去接他们时，他们一定会烂醉如泥的，相信我。”

“我把你拖进了泥潭，安东尼奥多半气不过吧。”

安娜耸了耸肩。“他不太高兴，那很明显，不过他当然也很担心你。看上去你在这里都不安全了。他认为你应该尽快回法兰克福报警。”

“大概他是对的。”虽然我不喜欢他这个主意，但还是不情愿地赞同道。我当然不会去报警，但我必须离开这里了，我不希望让安娜犯险。

“安东尼奥已经联系他的朋友乔斯了，他会开飞机送你去大陆。”

“现在？半夜三更的？”

“是的，明天早上安东尼奥必须放了跟踪你的家伙。他希望你在那之前就离开这里，为你的安全着想。”还有安娜的，我心想。我必须接受他的建议，即便这一切让我措手不及。

“他还说你不要用你的手机了，他们可能就是通过这个找到你的。明天，他们会检查你的车，看看有没有安装跟踪器。不过，只要我们还没弄清楚他们是怎么找到你的，你都应该小心为妙。拿着，你可以先用我的手机。”

“谢谢，我会尽快还给你。”

“我还有一部，不用着急。”

我还没来得及说话，出租车就已经停下了。我们面前是一所小房子，隐在几棵大树后面，几乎难以辨认。然后，我看到了另一样东西，一架直升机，非常小的直升机。一阵不舒服的感觉在我的胃里蔓延开来。当安娜告诉我这位乔斯会开飞机送我去大陆时，我脑子里想的可是一架普通的飞机，不是这个！我从没坐过直升机。用爸爸的话说，他可不愿意把钱花在这没用的东西上。

“好了，我们到了。”安娜一边下车，一边指着那架直升机欢快地说道。不奇怪，又不是她坐。我犹豫地跟在她后面。我真不知道这种东西竟然这么小。

“乔斯会送你去德尼亚。”安娜做了个手势，将眼前的男人引见给我。他虽然有个西班牙名字，但看上去却像个游客，浓密的金发，蓝眼睛，肤色黝黑。

乔斯伸出手来和我握手。“很高兴。我很久都没在海上飞了。”

此刻我别无他求，唯愿他的飞行技术可靠。光是看一眼那直升机，便已令我万分不安。紧接着，我注意到它竟然没有门。我的胃里不由开始翻江倒海。“舱门呢？”我颤声问道。

“你就相信乔斯吧。他人很好，飞行技术也很赞。他会毫发无损地把你送到德尼亚的。”

我强挤出一个笑容，转身面对她，尽量掩饰自己的感受。我可不想让她认为我没胆量坐进这个会飞的沙丁鱼罐头里。“好的，安娜，再次谢谢你为我做的一切。”我抱住她。“对不起，我不想把你牵扯进来的。”我低声说，努力忍住涌上眼眶的泪水。

“别担心，我很好。安东尼奥会照顾我的。再说，朋友不就应该这样嘛。”安娜拍拍我的肩膀，打断了我们依依不舍的相拥。“好了，乔斯马上就可以起飞了。”说完，她转身往出租车走去，上车前和我最后挥手道别。车子在滚滚尘埃中渐行渐远。

我嫉妒他们，但那也无济于事，我必须离开这里，我不能让安娜遭遇危险，至少不能再继续连累她了。我转身望向乔斯。他正站在直升机旁，专注地摆弄着一种透明液体。然后他踮起脚尖查看了旋翼叶片，仿佛第一次见到它们似的。他在搞什么呢?

“我们什么时候出发？”我其实想说的是：既然非飞不可，那我们能不能尽快完事。

“很快，起飞前的检查都做得差不多了。”他嘟哝着，又继续检查起来。他来到驾驶舱前，动了动一根控制杆，随后示意我上机。我照办了，壮着胆子爬进了那窄小的座位里。我环顾四周，里面没有太多东西可看。

“舱门哪儿去了？”我问道，暗暗希望它们能想个法子凭空出现。

“我们不需要。天太热了。”乔斯回答道。他坐下来，戴上了耳机。这驾驶舱现在似是显得愈发逼仄了。我没有任何抓手，倒是有个手柄紧挨着我。“我能抓着这个吗？”我问道，希望有什么东西能把自己固定住。

“你不能碰任何东西，如果不想坠机的话。所以，这个操作杆当然碰不得了。”

好吧，我现在可是感觉更好了。

乔斯发动了引擎，我们头顶上的旋翼叶片开始徐徐转动起来。整个机身都在震动，可是除此之外，什么都没发生。什么都没有。我们没有起飞，还是牢牢贴在地面上。拜我的运气所赐，这东西八成是坏掉了。我耐心地等了几分钟，希望奇迹发生，可还是什么都没发生。

“我们怎么还不起飞？”我终于开口问道，因为在我看来这飞机显然出问题了。

乔斯看我的眼神就像是在看一个疯子。“我们得先让发动机运转起来。总不能直接就腾空而起吧。”

“真的吗？电视上的直升机都是马上就飞起来了。他们钻进机舱立马就飞走了啊。”

“那就是现实和电视之间的区别。”乔斯回答道。然后，没有任何警告，我们就起飞了。就那么垂直地升到空中，而我的胃以为自己还在地面待着呢。等它终于发现自己的错误后，我觉得它就像是乘坐高速电梯往顶楼猛冲似的。我使劲吞咽，不想让自己再丢人现眼了。然后，直升机的噪音降了下来，我们飞得更高了。下面的树林在我看来有些太过浓密了。我们继续攀升。俯瞰下去，那条从这里直通伊维萨城的路如同一根彩色光带。

突然间，直升机往一侧急抛过去。我惊恐地看向乔斯。那是个错误，因为他身下是一片虚空。我的心提到了嗓子眼。我们就要像块石头似的撞向地面了。

“什么情况？”

“镇定，塔玛拉。我们刚刚拐了个弯。”

“噢。”除了这个字，我真不知道该说什么了。血往脑袋里猛窜，我突然觉得好热。幸运的是，乔斯忙着开飞机，看不到旁边满脸通红的我。

如果他往右拐弯，我该怎么办？我旁边什么都没有，没有门，没有扶手，只有我和大地之间的茫茫虚空。

我忽然冷汗直流。这一切都是罗恩一手造成的。在发生了这么多事情之后，在历经了这么多磨难之后，我就要死在这里了，满怀恐惧地死在一架直升机里。

“看，伊维萨城。”乔斯说道，将我从阴郁的思绪里拉回了现实。

“啊，是的，真美。”我看着白墙环绕的城市慢慢被我们甩在身后，喃喃道。没过多久，我们就在茫茫大海上展翅高飞了。

“你怎么知道该往哪儿飞呢？”我问道，这伸手不见五指的黑暗令我毛骨悚然。

“GPS。”乔斯指了指一个小设备。“别担心，我们不会迷路的。”他转头笑眯眯地看着我。“你会活着飞到德尼亚的，我保证。”

/29/

火车猛地启动了，微微震颤着驶出车站，然后徐徐加速。我疲惫万分地盯着窗外出神。此时刚过下午 1 点，而昨晚我又彻夜未眠。前方是一段漫长的旅程，从巴伦西亚到法兰克福的车程超过 20 小时。幸运的是，乔斯好心地把我送到了这里，如果从德尼亚出发只会更加费时。我把车子留在伊维萨了，这场噩梦结束后，我会尽快回去取车，或者雇人帮我开回法兰克福。

我一定是不知什么时候睡着了，因为此刻我一下子惊醒了过来。我在哪儿呢？窗外是灰暗的天空，还有嗖嗖掠过的田野。吵醒我的那个声音越来越大。我终于循声找到了安娜给我的那部手机，关了闹钟。很快就要转车了。我强忍着困倦站了起来。幸运的是，我随身只带了我的小手提包，不需要拖个大箱子。火车开始减速，伴着一阵巨大的喘鸣声进了站。

站台上很冷。现在虽说是夏天，但在纳博讷[1]你完全感觉不

---

① 纳博讷，法国南部城镇，是法国第二古城。

到。我穿着薄裙都快冻僵了，跌跌绊绊地上了下一趟火车。我找了个空车厢，落坐窗边。前面的旅程还很长。这一次，我没能酣然入睡，而是努力思考着罗恩在这这幅拼图中的位置。我还没想多久，电话就响了。

“你怎么样？”我刚接通电话，安娜便问道。

“很好，很累。再过几个小时就到法兰克福了，安东尼奥有什么新发现吗？”

“没有。他盘问了跟踪你的那两人很久，但他们什么都不承认，说只是想顺道拜访一个老朋友，但一定是把地址搞错了。根据你之前的描述，他相信他们就是金发哥和兰博哥。那当然不是他们的真名。但不幸的是，他们没有任何犯罪记录。当然，那也不一定能说明什么。”

“太糟了，我想知道他们是怎么找到我的。”

“是的，那也是安东尼奥想要知道的。他很确定，他们是通过手机找到你的。你的车子没问题，他们在上面没发现任何传送器。”

“好吧，你们已经尽力了。谢谢你们这么帮忙！我不知道到底怎样才能搞定这件事。”

“别担心，会有办法的。一路平安，照顾好自己！”

安娜挂了电话，我把手机塞进口袋。我在电话里说得轻描淡写，但实际上远非如此。我不敢回去，可我不知道还能怎么办。有一件事是明摆着的：如果我想过回正常生活，就需要查明这到底是怎么回事。

第二天早上 11 点，我终于抵达了法兰克福。这一路长途劳顿，让我觉得自己都快脏死了，很想赶快回酒店痛痛快快洗个澡。但我下车后的第一件事是去租了一辆车。幸运的是，我还拿着罗恩的 Sixt①白金卡。这样我不仅能从这间租车行租到最好的车，而且还能挂在罗恩名下。

租好了车，我很快就回到了酒店。上楼梯时，胃里有种纠结成块的感觉。我努力安慰自己说，没人知道我回法兰克福了。可我不相信自己。我脑中有个声音悄声说，他们既然能在伊维萨找到我，那我就算跑到天涯海角，他们也照样能找到。我怕极了，硬着头皮从走廊走到了我的房间。

我警惕地打开门，先在门口驻足细听了一下，然后才小心向前迈出一步，好看清楚屋内的情形。确信里面没人，我才敢彻底踏进门。我的一颗心在胸口狂跳不止，而脚步却慢得出奇，半晌才走到屋子中央。

这小小的房间成了彻底的“空城”。这里一片寂静。只有街头的噪声隐约可闻。也许我应该看看床底下？我觉得自己就像是一个害怕怪兽的孩子。只是，我害怕的是发育成熟、肌肉结实而又不择手段的怪兽。

这很可笑，但是……保险起见，我真的往床底下看了看。只有几个毛团，仅此而已。显然，他们不怎么清扫床底。

现在，我只需再检查一下衣柜和小卫生间就可以了。我正要动身去看，突然想起了什么。那把枪！我紧赶两步来到行李箱前，在

---

① Sxit，欧洲一家租车行。

内衣下面翻找一通。找到了，那冰冷而坚硬的小东西钻到了我手中。

我慢慢往衣柜走去，手里的枪垂直指向空中，就像你在电视里看到的那样。我小心地打开柜门，舒了口气，里面没人。现在就剩下卫生间了。我踮着脚尖溜到门口，没直接进去，而是僵立在那里，努力判断里面有没有藏人。最后我打开了门，什么都没有。然后，我两眼紧盯着面前一动不动的浴帘。

希区柯克[①]拍的那部惊悚片叫什么来着？想起这部电影，我不由地使劲吞咽。我把枪伸了出去，用它挑开浴帘，空的。太好了！我又可以喘气了。我都没注意自己一直摒着一口气。

感觉稍微平静一些后，我在行李箱里找了件能穿的衣服，一件比我在伊维萨穿的那件小黑裙更适合这德国夏日的衣服。

穿上衣服，化好妆，我感觉好点了。我看着镜子里的自己，不由地感叹一点淡妆竟有如此神奇的效果。我满意地看到眼睛下面的黑影已经妥妥地遮住了。我看上去就好像刚睡了好几个小时，精神十足。

接下来，我做了一件我曾在很多电影里都看到过的事情。我拔下几根头发，把它们散在房间各处，这样我就可以知道有没有人趁我外出时来过这里。我用胶水在衣柜门上粘了一根头发，卫生间的门上也粘了一根，行李箱也如法炮制。我又在门外挂了“请勿打扰”的牌子，这样服务员就不会进来打扫了。

---

① 希区柯克（1899 年 8 月 13 日-1980 年 4 月 29 日），电影导演，编剧，制片人，尤其擅长拍摄惊悚悬疑片。

做完这些，我在窗户边的小桌旁坐定，打开笔记本电脑。这里能清楚地看到酒店旁边的大街。我仔细观察着街上的几个行人。我一定要做出决定，计划好下一步。就像我答应安东尼奥的那样，我要去报警，不过不是今天。首先，我需要找到这一切的幕后主使，然后把所有证据交给警察，希望那样我能免遭起诉。

“罗恩很可能就是凶手，还企图嫁祸于你。”安东尼奥的话在我脑海中回响。自从发现那件毛衣后，我就一直假定他是凶手。可是，我又想起了安东尼奥的另一番话：“不要做任何假定，一件事情看上去合乎逻辑，并不代表它就是正确的。要寻找事实。”

我叹了口气，打开文件，开始记录自己知道的事实。看着白底黑字的清单，我知道有一件事情毋庸置疑：我需要更多信息。

/30/

第二天早上，雨一直下个不停。我真希望自己还在伊维萨。但很无奈，我就在这法兰克福城。这个时间，熙熙攘攘是这座城市的主旋律。酒店附近就是市中心，周六的购物潮势必会引发那里的堵车噩梦。在西区这条相对安静的小弄里，我能听到不远处主干道上缓缓前行的车龙发出的声音。不过，这里却只有三三两两的车辆经过。西区这边迷魂阵似的单行道让大多数司机都敬而远之。

我开着租来的车来到罗恩停放梅赛德斯的地下停车场附近。我要去他的办公室一趟，希望能有办法打开他的保险箱，没准能找到些文件，获取更多信息。如果我了解得没错，他办公室的保险箱密码应该和家里的那个一样，应该不会太困难。

这就是为什么我一大早就来到地下停车场入口搞监视的原因。我得知道罗恩是不是和往常一样，会在周末到公司工作几个小时。如果我运气好，他这个周六的安排一如平常，那就意味着他要一直工作到午餐时分，然后去体育馆健身。他一离开办公室，我就有机会溜进去了。

我从未想过自己会乐于再次看到罗恩的梅赛德斯，但看到它一路低吼着进了停车场，我倒真有种如释重负的感觉。

如果罗恩的习惯未改，那他在 1 点之前是不会离开办公室的。

我还要等很久，坏消息是我不知道该怎么打发这漫长的等候。我可以去附近的商业街随便逛逛，但不知何故，我丝毫提不起兴趣。我想要为盘旋脑中的所有问题找到答案，马上。既然这根本不可能，于是我选择了第二个方案，去楼梅尔咖啡店吃点东西。

走进这家略显肃穆的咖啡店时，耳边传来一声微弱的低语。楼梅尔有浓郁的怀旧感。糕点柜里陈列的蛋糕应有尽有，极尽诱惑，让人无力抗拒。旁边的玻璃展示柜里，大量的巧克力蛋糕堆叠如山，散发着深棕色的光泽。店里更有古典音乐为这雅致的氛围锦上添花。

看着这展示柜，我已垂涎欲滴。萨赫蛋糕长得好诱人。第一口下去，巧克力融化在口腔中，一股甜中带苦的味道瞬间绽放开来。太棒了！我都不记得上次吃萨赫蛋糕是什么时候了。我想一定得追溯到小时候去了，因为长大后，我一直视身材比命还重要。

我悠闲地翻阅着报纸。不过，那些新闻都没什么意思。令人沮丧的报道一个接一个：欧元危机、希腊濒临破产、通胀加剧。然后，我的目光落在了一条特别的新闻上无法移开。我再次忘记了呼吸。

这条新闻题为《失踪的法兰克福银行家，欧元危机受害者？》，下面的文章则分析了希腊困境的影响。“尽管这位失踪的银行家未受直接影响，但不排除自杀的可能。警方……请转第3页。”

我屏气凝神仔细浏览那一页，终于找到了剩下的文章……是他！那个死人。我家厨房里的那具尸体，此刻安息在我家花园里的那一位。我有些头晕目眩，因为死者照片下方不远处的那些文字看上去实在不妙。死者名叫迈克尔·巴雷利。他生前供职的银行正是罗恩的银行。

我颤抖着双手放下报纸，深吸一口气。尽管我已经假定罗恩与此有关，但这条消息还是给了我当头一棒。在白纸黑字的报纸上看到那位死者是罗恩银行的职员和仅仅做个假定猜测截然不同。现在，死神越来越近、越来越具象化了。

我喝了一大口咖啡，说真的，如果来点更烈的会更好，不过此刻也只能靠咖啡因了，因为我比任何时候都更需要保持清醒。

1 点刚过，我便进了罗恩的银行。幸运的是，我比刚才镇定多了。几分钟前，他的梅赛德斯就离开了停车场。

“下午好，哈特维希小姐。”门卫友好地向我点头致意，而我匆匆从他身边经过。这算是过了第一关了。麻烦来了，第二关竟是加德纳夫人，罗恩的秘书。该死。我没想到她会在这里。大周六的，她在这儿干什么？何况罗恩都已经走了？

“我要见罗恩。”我对她说。

“克雷默先生几分钟前就走了，您得周一再来了。”

我当然不会那么做了。我高声道：“没关系，我只是需要从他办公室取点东西。”我疾步掠过她。我以为我的速度会让她措手不及。未料，她一阵风似的绕过办公桌，挡住了我的去路。

“那不可能，克雷默先生已经清楚交代过，这里不再欢迎你。”

“他这么说了？”我挑起眉毛，居高临下地看着她。虽然心里感觉自己就像一个宁愿躲进妈妈衣服后摆寻求庇护的小女孩，但我仍凛然回视着她那犀利的眼神。

“是的，请你马上离开，不然我叫保安了。”她看我的样子活像一头好斗的小猎狗。这女人愿意不惜一切地对付我、保护罗恩。他应该感到幸运。我叹口气，暂且撤退。事情的发展已偏离了我的计划，不过我还没准备偃旗息鼓。所以一离开大楼，我立马左转，沿着通往后院的窄道溜了进去。也许罗恩没关窗。他的办公室在一楼，我可以爬窗进去。这主意让我有些紧张，但从另一方面来说，那扇窗兴许是能让我回归正常生活的唯一通道了。

看见了，罗恩办公室的窗子，还开着！“谢谢您，上帝。”我喃喃自语，很高兴罗恩不喜欢空调。现在，我只需爬进去就行了。不过想来容易做来难。尽管这房间是在一楼，可它的窗子很高。我吭哧一声攀住窗沿，竭力挣扎向上，好不容易才将一条腿的膝盖搭在了窗台上。我正准备轻轻推开玻璃窗翻进屋时……该死！

说时迟那时快，我慌忙回退，砰一声跳下窗台，跌到了水泥地上，膝盖都擦破了。我顾不得查看加德纳夫人有没有看到我，全速奔回了车里。如今偷鸡不成，可不能再蚀把米了，正所谓三十六计，走为上计。

我在法兰克福西区的迷宫中蜿蜒穿行，机械地随着路况加速减速、停车起步，脑中沉思着下一步的打算。方才真是糟透了。希望没被她发现！光是想想自己悬挂在窗台上企图爬窗入室的窘相，便已让我面红耳赤。我宁愿找个地洞钻进去也不要让她看到我那个样子，不仅因为难堪，更因我不想让罗恩有所察觉。我必须让他琢磨不透。如果他知道我正在四下打探，便会越发警惕。

我扮了个气恼的鬼脸，在红灯前停下，和另外几十辆车一起等灯。既然计划夭折，我得想别的招了。我并不确定能不能在罗恩的办公室里找到什么有用的东西，但哪怕能找到一点点可以证明我的猜测不是无中生有的证据，也聊胜于无。

既然未能找到满意的答案，那我需要继续努力完成我的任务清单。当务之急是要查明他新女友的身份。既然我们在卖房，而我也没再住在那里，估计罗恩也不想在那毫无生气的四面墙里打发闲暇。罗恩可不是个喜欢独处的人，尤其不是那种会自己洗衣煮饭的男人，绝对不是。如果我想得没错，他应该是和女友住一起，或者住酒店。我想知道是哪家酒店，想知道他现在业余时间都在干些什么。

如果运气好点，我可以拍下他和那位神秘人物见面的情形，我冷笑着对自己说，没准还能录下一段证明他有罪的对话。

我耸耸肩，打消了这些念头。自言自语于事无补，如果我能专心思考业已发现的事实，那样会更有助于解决问题。所以，我要约罗恩见面，就在今晚。

/31/

他究竟打算什么时候现身？这不是我第一次等罗恩了，但他的迟到还是一如既往地让我火冒三丈。那傻瓜在干什么呢？如果不是想查出他目前的住处，我一定立马走人，但无奈我只能继续坐在车里等他前来赴约。

我把车停在了饭店停车场里一个窄小而隐蔽的停车位上。从这里，我可以密切观察罗恩的一举一动。他也会把车停在附近，因为唯有在这里下车才能轻松地步行到那家小酒吧。

然后，他会在饭店空等半天，最终无功而返。届时我就一直跟踪他回家。只是照目前的情况看，我才是那个傻等的人。

我开始紧张起来。我想把这一切统统甩到脑后，重新开始生活。可这显然没那么容易。停车场里几乎没什么车，商店都关门了，只有酒吧和饭店还有人光顾。罗恩在哪儿？

时间一分一秒地煎熬着我。上帝啊，这也太无聊了！我再等他五分钟，如果还不现身，我就取消约会、打道回府。四分钟……三分钟……两分钟……一辆车开进了停车场，黑色宝马。它在沥青路面上滑行，几乎没发出一丁点动静，继而紧贴着我的车开了过去，那距离近得让我捏了一把汗。我从座位上滑了下去，希望他们没有看见我。我原本希望罗恩和这些恶棍并无关系，会独自赴约。但此刻，这希望像肥皂泡一样破裂了。

又过了一分钟，我听到了罗恩那辆梅赛德斯的声响。那发动机低低的震动声，我绝不可能听错。这黑车直接开到宝马旁边，停了下来。罗恩下了车，另一辆车驾驶座的门也随之打开。一名黑发男子走了出来。罗恩和他说了些什么，之后便向我们约好的见面地点走去。

我觉得胆汁反流到了喉咙里。黑色宝马，和在伊维萨的那辆一模一样。我脑中又回响起轮胎摩擦停车场地面的刺耳声音，还有那位老绅士的话。“这年头的年轻人啊。刚拿到驾照，就把自己当塞巴斯蒂安·维特尔了。”只不过，那位司机显然并没把自己当成塞巴斯蒂安·维特尔，而是受了罗恩的支使才出现在那里的。

我深吸一口气，拿起随身带的瓶子喝下一大口水。我努力让自己镇定下来，因为我得好好想想。现在我不能跟踪罗恩了。他的帮凶在那里等着我，还怎么跟踪？我该怎么离开这里才能不让他们看见我，不让他们有机会追上我实施之前的威胁？万一他们开始满停车场找我呢？

我又深吸一口气。不要惊慌。我必须离开这里，越快越好，因为那黑发男子正转身扫视停车场里屈指可数的几辆车。他很快就会望向我的停车位了。

罗恩的帮凶在那里不急不忙地逐一细察每辆车。待他背过身去，我赶紧抓住机会，小心翼翼地打开车门，溜了出去。我猫着腰，轻轻靠在车上。我现在不能弄出一丁点动静。扶着车子站稳后，我贴着车身慢慢往后备厢挪去。我离停车场后面那些阡陌纵横的小道非常近，跑到那里面很容易就能甩掉他。

我鼓足勇气回头看了一下。这可真不妙，他正站在他的车旁，神情紧张地往我这个方向张望。回你的车里。拜托，快回去！你什么都没看见。我暗暗发送着自己的脑电波。

我得离开这里，尽快。但我的双腿牢牢钉在原地，根本没有反应。他向我走了过来，越来越近，近到我都能看清楚他脸上的疤痕了。终于，我站了起来，转身拔腿就跑。

时值黄昏，夜幕即将降临，街上只亮着寥寥落落的几盏街灯。我的脚步声在鹅卵石路面上回响着。我竭尽全力往前奔跑，只可惜我不在最佳状态。回头看去，他追上来了，必须加速，必须比他快。我重重地喘着粗气，其间还夹杂着抽泣声，因为我知道自己无法继续保持这样的速度了。只消几分钟他就会追上我了。

我听到他的脚步声逼了上来。我再次回头张望，我得知道自己还有多大优势……

“哎哟，小姐。”

这一下差点把我撞倒在地。我往后踉跄一步，大口喘气。

我费了半天劲才终于开口道：“对……不起”。

“没事。”陌生人笨拙地拍了拍我的肩膀。

“保罗，你桃花运可真不浅，又有女人投怀送抱了。”此言一出，引来一阵大笑。我这才意识到，这位陌生人不是一个人，他身边还有三个朋友。

“没事吧？怎么回事啊，这么漂亮的女人在这老镇里横冲直撞的，后面有魔鬼吗？”

“我前夫，他在跟踪我。我……”我出不了声了，喉咙绷得紧紧的，眼眶里已是热泪滚滚。如果我现在开始哭，那就停不下了。我哆嗦着深吸一口气。

“别紧张，没事的，慢慢来。”其中一人道。此人牛高马大，一头金发，还留着那种我一直觉得十分可笑的山羊胡。眼下我倒是很高兴他在这儿，有胡子也好、没胡子也罢。

紧接着第二个声音响起：“现在没人跟踪你了，没事了。”我面前的这四双眼睛看上去既关切又有些狐疑。我慢慢转身。巷子里空无一人。街灯在鹅卵石上投下几个光圈，后面便是漆黑一片、黑影绰绰。他就站在其中一片黑影里静候着，等这些人走了，我就成了他的囊中之物。

“你们能不能……你们是否介意送我回车上？”我看着这几个男人说道。

“当然，没问题，”我撞上的那个家伙，保罗回答道，“我们一直乐于帮助遇上麻烦的女士，对吧，弟兄们？”他们齐声附和道：“没问题。”

“我们会给你前夫颜色看的。”

“让他放马过来。”

“谢谢你们，我很感激。”我强挤出一个笑容，心脏在胸口突突狂跳，身上已是大汗淋漓。光是想到他差点就追上我、抓到我，就让我恶心到不行。我决意把这些想法放到一边，告诉自己现在一切都安然无恙了。

我们很快就走回了我的车旁。我环顾四周，努力寻找那个追着我不放的人。他在哪儿？我对着黑暗默默发问，但回答我的只有沉默。

我匆忙谢过我的救命恩人，火速驱车离开了。我必须离开这里。我想回酒店，在那儿我可以钻进被子里，与世隔绝、不听不看。

轮胎发出愤怒的嚣叫，似是在抗议我刚才油门踩得太狠。不过我顾不了那么多了。我就不该约罗恩到这种地方见面，因为这里只有两条出路，一条通往巴德索登，另一条通往法兰克福的美因泽尔大街。两条路都很容易被监控。我真是傻瓜。

我盘算了一小会儿，还是选择走美因泽尔大街。它有四条车道，还有几条辅路。如果有人跟踪，我可以拐进辅路，然后只需稍微绕远一下便可返回酒店。

“别着急，宝贝儿，我们有的是时间。”正当我要踩油门冲过一个黄灯时，身后突然冒出了一个声音。我惊恐万分地踩了急刹车。跟在我后面的司机愤怒地不停鸣笛。有个又冷又圆的东西架到了我的脖子上。

/32/

我从后视镜里看到了那个黑发男子的面容。他正一脸坏笑地盯着我。我想问他这是要怎样，但我口干舌燥，几乎无法吞咽、呼吸或开口说话，而这种紧绷感还在一分一秒地加剧。突然，我想起了在冰面上自由滑行时的感觉，为一个高难度的动作做准备，聚精会神，全副身心都为这一个目标蓄势待发。一下子，我变得笃定起来。我感觉自己无可战胜。

“继续往前开，我会告诉你怎么走。”

我再一次望向后视镜，瞪着他那棕色的眼睛和邪恶的笑容。他不可能猜得到，就在刚才，姑娘我的原力觉醒了。

几分钟后，我们驶入美因泽尔大街。这正是我想走的路，而我也要在这里送疤脸哥一个别样惊喜。

这条路直达法兰克福市中心。幸运的是，这个时间车流量不大。我前方路面通畅，阻隔其间的只有几个信号灯，而那正是我所需要的——信号灯。

我乖乖按照疤脸哥的指示继续驱车前行。在路口等红灯时，我心中暗自祈祷东风快快出现——一大段畅通无阻能让我狂踩油门的路——好让我实施自己的计划。终于，东风来了。我加速穿过十字路口，一下子驶出老远，速度越来越快，眨眼就冲到了下一个路口。此时信号灯凑巧转黄，我说了声“我能过去”，便死踩着油门不放。

“妈的，你在干什么？别干傻事，就……”疤脸哥根本没机会说出后面的话。我向右猛打方向盘，冲着信号灯一头撞了过去。安全气囊鼓了起来，把我夹在了方向盘后面。疤脸哥砰的一声撞上了驾驶座的椅枕。我急忙松开安全带，下车拔腿就跑。

我躺在床上，瑟瑟发抖，一幅幅画面在脑中疾掠而过。停车场里的宝马车、那具尸体、我把尸体扔进那姑且算作坟墓的土坑时听到的一声闷响、疤脸哥坐在后座拿枪抵着我的脖颈、罗恩、罗恩拥抱我、被杀害的……尸体……我努力回忆在冰面上滑行的感觉。如果我心中只有一个目标，如果我……

不管用。我匆忙从行李箱里拿出一个纸袋，罩在嘴上，往里呼气，吸气……重新让氧气充满肺部。刚才的头晕目眩已然停止。我重重地躺倒在枕头上，尽量放松，什么都不想。

汽车残骸的影像在我脑中盘旋。想到这儿，我的呼吸又急促起来。我想起了罗恩在停车场和疤脸哥讲话时的样子。我一定要冷静下来。我需要找个人说说话，不然非疯掉不可。

我可以给安娜打电话。只为听听她的声音，知道我不是孤家寡人，知道这世上还有人在意我，还有人不想要我的命。

手机。这该死的东西哪儿去了？我的视线在桌上搜寻着。我的小提包又去哪儿了？我有气无力地站了起来，感觉就像刚跑完一场马拉松。

手机一定是被埋在手提包底了。我叹了口气，把里面的东西一股脑全都倒在了床上。这真是个大杂烩，手帕、硬币、化妆品、收据单乱作一团。我把它们一件一件扒开。找到了，在我每天随身携带的成千上万种物件中间，我终于找到它了。我又急急火火地把那些东西悉数塞回包里。然后……怪了。

过了好久，我才又能动弹了。从震惊中稍微回过点神后，我来到衣柜前，搜寻我此前黏在那儿的头发。有它，我才能相信没人来过这里。除了我，别无他人。

那根头发不见了。

我慢慢转身走向窗前，如同梦游一般。我往窗外看去，看看街上有没有车，有没有跟踪我的那两个人。

空无一人。

楼下空空荡荡，唯有一盏照亮黑暗的孤灯。

我舒了一口气，转回身来。还有一点时间，我可以在他们再次回来前离开这里。

我匆忙把就近的物品全都塞进行李箱，然后跌跌撞撞地进了卫生间，颤抖着双手把洗发水扔进袋子里。一个玻璃杯跌碎在地，不过没关系。他们正好能看出来我是匆忙离开的。这样看上去更可信。

我啪的一声关上了行李箱。眼下得抓紧时间了。他们可能很快就会回来。储藏室里早已存放着我的一个箱子，现在再加一个好了。

回到房间，我四下扫视，希望没忘记什么东西……手枪！那把枪我搁哪儿了？在我拼命寻找之际，楼梯间传来了脚步声。

我吓得心跳都停了。

顾不得多想，我急忙顺着衣柜搁板爬了上去。我把手提包扔进头顶那个小隔断里，心中暗暗祈祷自己能挤得进去，因为那里实在小得可怜。我拿起两个靠垫遮在前面以免被人发现，身子使劲往后滑，随后轻轻地关上了衣柜门。这搁板比我想象的要深。很好。也许我有机会躲过此劫。也许上帝会再次开恩。

房门被轻轻推开了，几乎听不到声音。我突然间冷汗直流，呼吸也变得断断续续。我极力让自己平静下来。若现在慌了神，那我就死定了。

如果可以，我会想一些美丽的事物，可我的想象力已经罢工，所有知觉都集中在屋子里传来的各种声响上了。像这样什么也看不见、一动也不敢动，真叫人发疯。

然后我听到了一阵电话铃。

“她一定退房走人了。行李不在了。”闯入者低声道。他的话我听得一清二楚，好像他就站在我旁边一样。

他的脚步声听起来走远了。接着他打开了浴柜的门。“她已经走了，真见鬼。”他低吼着抱怨道。

“问问行李工她什么时候走的。”然后是一小段沉默。“她要是提前付了一星期的房费呢？他还知道些什么吗？你什么意思，她随时都可能走掉？该死的！”

一记撞击声打破了沉默。那声音如此之大，吓得我脑袋都撞到了柜子上。

又一个声音传来，这次是衣柜门。光线倾泻而入。我要吐了。完了。不消几秒钟他就会发现我了。我停止了呼吸，屏住的气息都顶到耳朵眼里了。

他在我身下的衣柜里一通乱找，推开挂在横杆上的衣架，虽然上面一件衣服都没挂。有几个衣架掉到了地上，被他一脚踢开了。接着，他又把挡在我身前的枕头扯了出去。这下可好，他随时都可能发现我了。

“他怎么了？那傻货被人送进医院了？怎么回事？”衣柜门被重重地摔上了。“蠢猪，他让她闯红灯了？这怎么可能！”

他的脚步声再次变弱，房门忽地关上了，我感到气力全无，闭上眼大口大口地呼吸，让肺里充满氧气。

/33/

过了好几个小时，我才敢从藏身之处爬出来。只因我后背疼痛难当，再也撑不住了，才不得不身心俱疲地爬出来。

我小心翼翼溜到窗前，透过窗帘的缝隙向外看去，映入眼帘的街道空空荡荡。也许我运气不错。也许他们真的走了。

我把两个行李箱留在储物间，只带了手提包便跑下楼去，出了酒店后门，径直冲向最近的出租车站。

在出租车里坐定后，我立马意识到自己根本不知道该往哪儿去。我可以去另一间酒店，但罗恩跟踪我的本事已慢慢让我感到胆战心惊。我需要一个有安全感的地方，一个没人会想到的地方，一个不会被罗恩找到的地方。

我需要安静地思考，可司机不断透过后视镜恼怒地看我，等着我告诉他去哪儿。

我让他往交易会方向开。这条路够远，可以给我充分的时间思考。这个点儿，路上没什么车，四处沉寂一片，默默等待着周一早高峰的车水马龙。我精疲力竭地往后一靠。我到底去哪儿藏身呢？这个问题在我脑子里不停打转。有了。

在我无数次摁响门铃之后，克里斯蒂安睡眼惺忪地打开了前门。一看就知道，我刚刚吵醒了他的好梦。他满眼困倦，只穿着一条旧牛仔裤和T恤衫。

“我能进来吗？”我问。

“你总这么晚到别人家里做客吗？”他嘟哝着侧身让我进去。

“你说我可以随时给你电话的，无论昼夜。”我提醒他。

“没错，可我指的主要是白天的正常时段，不是凌晨3点钟。”

我没回答，跟着他在明亮的走廊里穿行。我很高兴来到这里，只希望他发现真相后不会把我赶出去。

“来杯咖啡吗？”他打断了我的思路。

“求之不得。”我长叹一口气，在厨房里的小餐桌旁坐了下来。他的厨房很时髦，虽然操作台闪闪发光，碗柜门也明亮夺目，但仍感觉舒适。看上去好像真有人会在这里做饭似的。我往椅背一靠，闭上了眼睛。上帝啊，我真的很累，伊维萨之行仿佛已是好几年前的事了。

咖啡机工作时发出微弱的汩汩声。我再次睁开眼。这款咖啡机看上去好像还能当熨斗、翻译器用呢。

一杯热气腾腾、令人舒心的咖啡很快摆在了我面前。克里斯蒂安坐了下来，期待地看着我。我佯装不察，沉醉地看着蒸汽从咖啡杯里袅袅升起，然后轻轻啜了一口这滚烫的饮料。

“你为什么需要帮助呢？”他问了我一直在等待的问题。幸运的是，早在出租车里我就想好答案了，并且满心希望这个答案能帮我牢牢抓住他的援手。

我没有说话，而是把 1000 欧元放到了桌上。他不动声色地看着这些钱。我原以为他这辈子应该从未见过两张 500 欧的票子同时摆在自己面前。

“我需要找个藏身之处待上几天。不会很久，两三个晚上就行。就这样。你不需要做其他任何事，无须提供其他服务。”

克里斯蒂安眼神犀利地盯着我。我在椅子里不安地动了动身体，感觉他似是能把我看穿，似能一一看清我那些不可胜数的秘密。我希望他不会注意到我的生活已经完全走样了。我努力堆出个笑脸，但马上放弃了，因为我的双手开始颤抖，笑脸险些变作抽泣。我赶紧把头扭向一边，四下打量这间厨房，然后目不转睛地盯着冰箱看。

“你怎么不去住酒店？法兰克福有成百上千家酒店。”

“我试了，可失败了。”

“你能不能和我解释一下到底发生了什么事？”

我早有预感他一定会想知道更多，要他只拿钱不发问，那未免也太容易蒙混过关了。所以，我是告诉他全部真相，还是给他一个缩略版呢?

我告诉他，罗恩派人跟踪我，无论我到哪里都能找到我，而我完全不明白他是怎么做到的。

克里斯蒂安打断了我。“我理解的对吗？你前任四处跟踪你，而你现在却在我这里？和我在一起？”

不等我回答，他一把抓住我的胳膊，把我从椅子上拎了起来，几乎是一路拖着我从走廊走到了前门。

“等一下，他们怎么可能找到这里来呢？没人知道我认识你。”

“那你说他们怎么会在法兰克福的一家酒店里找到你？”克里斯蒂安打开前门，把我推了出去。不过接下来发生的事出乎我的意料。他并没有砰一声关上门、给我个闭门羹吃，而是跟了出来，奔着他的车子走去，我的手提包也在他手中来回晃荡着。

“过来吧，上车。”

克里斯蒂安把包扔到我腿上，大力关上了车门。这是一辆崭新的红色法拉利车。他怎么买得起这种车？

“你要带我去哪儿？”

克里斯蒂安系好安全带，转头看着我。我只觉浑身发冷。如果眼神能杀人，那我恐怕就剩最后一口气了。

“去个没人能找到你的地方，就连罗恩也找不到。”他回答道。

接着，他猛地发动了车，车轮发出刺耳的摩擦声。他脚踩油门，突然加速朝着下一组信号灯狂飙而去。是红灯。车速越来越快，我的手指都掐进了座位里。

10 米。

5 米。

快快变绿灯吧！我一边祈祷一边冲他大叫：“是红灯，该死的!”

他踩了一脚急刹，车轮不禁尖声长啸。车子突然转了向。克里斯蒂安左转后，再一次狂踩油门，风驰电掣地冲进一条小偏巷。

我的心狂跳不已，胆汁再度反流到喉咙里了。但这次还有其他东西也一并升腾了起来。怒火。

“这是在干吗？你个愚蠢透顶的傻瓜，你要杀了我吗？”我生气地从旁猛捶他。

“住手，你疯了！”他用一只手挡住我的进攻，可我不能自已。

“我的生活就他妈的是场噩梦！自从发现那具奇怪的尸体后，我就片刻也不得安宁。现在又遇上你这样的！”突如其来的一个大俯冲，我整个人往前飞了出去，身上的安全带勒得我差点窒息。克里斯蒂安终于按我说的办了，车子停下来了。

你几乎可以看到几缕青烟从沥青路面上升了起来。他望向我，而我敢发誓他的愤怒完全不亚于我。然后，我意识到，自己刚才忘了他并不知道那具尸体的事。

“你……要……害……死……我……了。”他咆哮着从紧咬的牙关里挤出这几个字，然后又发动了车子。

/34/

“那是什么东西？”我不无担忧地盯着那黝黑的水面问道。江岸星星点点的幽光在一片柔波中映出一个个漆黑的圆圈。

“你问得太多，答得太少。”克里斯蒂安做了个手势，示意我下车。“下去！带上你的包。”

“你先告诉我，这是要干什么。”

克里斯蒂安没有回答，自己先打开驾驶座的门下了车，随即又开了我的车门。“趁我还没发火，赶紧下车。”

“我不下。”

“好，那你待着吧。”克里斯蒂安拿起我的包，往江边走去。我不情愿地下了车。显然，他没打算要我的命。不过几分钟之前，我可没这么确定。我好奇地跟在他后面，走到一张野餐桌前，看着他把我包里的东西全倒了出来。

“你在干吗呢？”

他叹口气，抬头看着我：“罗恩有特异功能吗？”

“没有啊。”

“你瞧，我还以为他有呢。”克里斯蒂安在桌上的那堆东西里翻找着。“女人为什么需要这么些东西？”

我的膝盖还因刚才的疯狂时速而哆嗦着，所以没等他反应过来，我已经一屁股坐下了。“你能告诉我，咱们在这儿干什么吗？”

“你能不能稍微用一下脑子？”

“刚才在车上，我仅存的几个灰细胞也给吓死了。”

“你觉得罗恩为什么每次都能找到你？”

看着他把我那堆昂贵的白金系列化妆品无比随意地拨到一边，我恨不得立马冲过去将它们码放整齐。这家伙根本不知道那些东西有多贵。

“我不知道。一开始我以为是信用卡泄露了我的行踪，但是经历了梅茵哈顿酒店那件事后，我把它们都扔了。我朋友曾说他们可以利用我的手机追踪到我，可我已经换了一台了。也许他就是狗屎运好。”

“也许吧，但也还有其他办法。”克里斯蒂安头也不抬地低声道。接着，他举起了一枚硬币。他这是彻底失去理智了吗？

“知道这是什么吗？”他把那个看似一欧元硬币的东西放到了桌上，余下的东西全都推回了包里。

“一欧元？”

“不，这不是钱，而是我们现在不得不立马离开这里的原因，快走。”

不等我反应，他已经起身朝车子走去。他可真让我抓狂。不过，我还是乖乖跟了上去。我宁愿死在法拉利里，也不要被恶棍推进江里。

“罗恩在你身上放了 GPS 传送器。所以，他可以通过网络确切地知道你此时此刻的位置，细到连门牌号都能查到。”克里斯蒂安一边解释，一边开着车在法兰克福城区疾驰。

“那个该死的。”GPS 传送器，罗恩是怎么把这玩意儿放到我包里的？我脑中浮现出一幅画面。我去他办公室那天。那天罗恩突然变得异常友好，拥抱我，还和我吻别。

“可那是梅茵哈顿以后的事了。”

克里斯蒂安看着我。我宁愿他把注意力放在前面的路上，因为他此刻的时速高达 180 公里。“在有机会放置这个东西以前，他们就已经追踪到梅茵哈顿了。”我补充解释道。

“你刚才不说你在那家酒店刷的是信用卡吗？还是我理解错了？那就是你把它们毁掉的原因，不是吗？”

“是的。”想到这儿，我的脸唰地红了。就连小孩子都知道逃命时不能刷信用卡。不过，那时我并不知道自己被人跟踪了。

伴着车轮的一声嚣叫，克里斯蒂安在中央火车站前停了下来。他笑眯眯地转向我。这次是货真价实的笑容，是能让我的心如鹿撞的那种笑。我突然感觉寒热交加。

“现在，就让亲爱的罗恩随你走遍德国吧。”他咧嘴笑道。

很快我们便一起走在人迹寥寥的车站大楼里，每走一步都能听到响亮的回音。几个疲态尽显的旅人和两名警察，就是我们在这里遇到的所有人了。克里斯蒂安停下来看了看发车时间牌。“汉堡看上去不错，你觉得呢？”

“很好。”我附和道。片刻后，我们已站在 3 号站台上了。这辆北向的火车即将发车。

“在这儿等着！”克里斯蒂安拿着那个小小的 GPS 传送器上了火车。经过了这么多事，他真以为我会一个人在这儿傻等？我跟着他上了车，看着他逐节逐节地查看，终于找到了一个空无一人的车厢。没等我走过去，他已经又站在我面前了。

“这位女士！”克里斯蒂安摇着头，推了推我。“你就不能听一次话吗？”

“对不起。”待我们再次驱车在法兰克福的夜色中穿行时，我对他说道。

“为什么道歉？”

“我不该来找你，现在罗恩掌握了你家地址，他们也会来找你的，你在家里就不安全了。”

“我觉得他们没能力找到这儿来。难道你没发现他们其实没办法一直跟踪到你吗？在你约罗恩见面之前，甚至更早以前，你开车去巴塞罗那那次，按理他们应该都能在法兰克福找到你的。”

“那倒是，我没想到这一点。传送器为什么会失灵？”

克里斯蒂安咧嘴笑了。“因为你亲爱的罗恩没考虑到你那一大包饰品啊。那可怜的传送器在你包里被那些金属罐前呼后拥，只要你带着那些东西，信号根本没法传出去。”

金属罐？我那价格不菲的资生堂白金系列化妆品，到了克里斯蒂安口中就成了这个？想到罗恩的表情，我不由哈哈大笑。信号突然消失，几天后才又显示一小段时间，随即又消失无踪。那准让他气得吹胡子瞪眼睛。此刻，那个小可爱已经在去汉堡的路上了。我心满意足地往后一靠，现在，终于可以好好享受一下坐法拉利兜风的乐趣了。

突然，我的心满意足戛然而止，我早应该料到他会问。

“你为什么不报警？发现尸体，正常人都会报警。”克里斯蒂安问道。

该死！

“嗯，事情有些复杂，那尸体突然不见了。”

“尸体不见了？你是觉得我智商等于零吗？”一个俯冲，车子停了下来。克里斯蒂安朝我这侧俯过身来，打开了我的车门。“下车，我不想和你，还有你的天方夜谭有任何瓜葛。”

“等一下！我知道这听起来很奇怪，但你听我解释嘛。”

“我洗耳恭听。”克里斯蒂安交叉双臂抱在胸前，看着我，等我开口。我又开始冒汗了。看来现在只有扮落难少女才有可能救得了我了。

“我不知道发生了什么。我……我当时很害怕。”这其实都不算说谎。“我只知道家里冒出了一具尸体，搞得我惊慌失措。发现尸体后，我搜遍了家里每个角落，哪儿都看过了，就怕家里除了我还有其他人。等我回来后，他就不见了。我是说，那个死人。”

“不见了？就这样？”

“是的，我不知道，没准那根本就是我想象出来的。我头一天晚上吃了很多安眠药，也许那只是个噩梦或幻觉吧。”我觉得自己讲得相当令人信服。若非亲手埋掉了那具尸体，我都不会相信我干得了那种事。

“我应该信你的话吗？”

“当然。”我看着他，带着一副看上去足够诚实的表情。“事情的经过就是这样的。”克里斯蒂安摇了摇头。

“关上门。”他说道，再次把车发动起来。我带着满足的微笑往后一靠，搞定，其实没那么难嘛。

/35/

“就冲你凌晨 3 点把我从床上叫起来，我也应该收你 1000 欧。”克里斯蒂安低声抱怨着，喝下一小口咖啡。继车站大冒险之后，他让我睡他的客房，说是太晚了酒店不好找了。隐患已除，我欣然接受了他的建议。我真希望永远待在这里，有他在我感觉很安全。

现在是早上 10 点，他几乎还如昨晚被我叫起来时那般困倦。不过，他的一张俏脸并未因此黯然失色。而我这张脸却差不多需要收拾半小时才敢示人。我眼巴巴地盯着他，希望他收下那笔钱，救我于水火。

“看什么呢？”克里斯蒂安打断了我的思绪。

“没什么。”

“你刚才一直盯着我看，一句话也不说。”

“我在等你的答复。”

克里斯蒂安耸耸肩。“我说过会帮你的，随时，记得吗？无论昼夜。”他露齿一笑，把钱装进了口袋。“具体需要我怎么帮你呢？”

“你应该先问这问题再拿钱的。”

“那倒是，不过我喜欢冒险。”他以示证明般地一跃而起，玩起了倒立行走。他的 T 恤滑了下来，让我想起自己曾和他共度良宵，却完全不记得发生过什么。

“我需要你帮我在罗恩车上安装一个 GPS 传送器。”我回答道，假装沉醉在他家厨房窗外的美景中，尽管那里不过是一间小院，除了几个垃圾桶别无他物。

“就这件事？”克里斯蒂安结束了他的倒立表演，重新坐回桌旁。他拿起一个圆面包，慢条斯理地抹上黄油，又堆上奶酪、泡菜和几片番茄。待他做好后，我发现那堆高耸的东西看上去相当健康。

为表抗议，我咬了一口自己那果酱版的圆面包。这甜甜的配料里一定也多少含点维他命吧。

“我从来没赚过这么好赚的钱。”

我没有回答，而是认真地审视着他。我一直感觉他的职业不是特别辛苦，但也许我错了。

“好吧，好吧，大多数时候我的工作都很酷，”他坦承道，“但 1000 欧，只需要放个传送器，这一小时的工资委实可观。”

“谁说就那点事了？”

“那好吧，还有什么？给我个惊喜。”克里斯蒂安张开双臂，好像要拥抱整个世界似的。我真希望我也能一大早就有这么好的心情。

“我想和你住在一块儿，直到事情彻底解决、凶手落网。”

“唔唔唔。”

“唔什么？”

“如果我没记错的话，尸体神秘失踪了。所以，警察恐怕得费些时日才能有所发现。现在那位死者只是失踪而已，我敢说早日找到他的可能性微乎其微。你不觉得吗？”

“我不知道，可我很害怕，我不想一个人待着。”

克里斯蒂安不说话了。他摇着椅子吃着自己的面包，极尽能事地让我觉得他只是个超龄的幼儿园小孩。“好吧，为什么不呢？我家还从没来过访客呢。”

好吧，访客，我都忘了他是靠什么为生的了。不管怎样还蛮幸运的，那些女士从不登门。

“那你的计划是什么？”沉默了几分钟后，他问道。

“不是什么大动作，你只需要到罗恩每天停车的地下停车场去，把传送器装到他的车里就行了。他星期天也上班。”注意到克里斯蒂安怀疑的表情，我补充道。

“大周末的，上哪儿弄 GPS 传送器去？”

该死，我还真没想到这点。

“我还以为你能办到呢。”

“我？”

“对啊，你是应召男，应该算黑社会吧？”

克里斯蒂安对我露齿一笑，接着又哈哈大笑起来。我不知道这有什么好笑的。

“我还从没这么看过我的职业呢。不过，也许你说得对。巧的是，我刚好认识一个人，十有八九能借我们个东西用几天。”

我宁愿不去想什么人能有闲置不用的 GPS 传送器，还乐意借我们几天。相反，我把注意力集中到关键问题上。

“那，你愿意接这活儿吗？”我问道。

克里斯蒂安喝了一小口咖啡，一脸痛苦，赶紧又往里加了些糖。他起身去冰箱里取来牛奶，把奶倒进咖啡中搅拌好后，又喝了一小口。他兀自把玩着咖啡杯，花了半天时间观察那杯饮料，就好像他要读懂里面的咖啡渣似的。我急切地看着他。他那样子会让你以为他是全世界最闲的人。我的目光黏在他的肱二头肌上无法移开。梅茵哈顿酒店那一夜的情景突然不请自来地窜入脑海。真希望我能记得那晚。

“要接吗？”为了把注意力从他胳膊上挪开，我开口问道。他俏皮地看着我，好像看穿了我的小心思一般。

“当然了。”他的目光在我身上游移。“告诉我该怎么做。”

/36/

几小时后，我驱车前往巴德索登——我成长的小镇。克里斯蒂安用他的名字为我租了辆车，这次我选了奥迪 TT。我一直想拥有一辆 TT，但罗恩认为除了梅赛德斯和宝马，开其他任何车都让他掉价……当然也不符合他未婚妻的身份。

此刻，我任由清风拂面，因为这是如此美丽怡人的夏夜。克里斯蒂安给我租了一辆敞篷车，好让我尽情享受这舒爽的天气。

安装在罗恩车上的 GPS 传送器显示，他最后现身的地点位于巴德索登的一条路上，邻近赖特斯托尔斯。在此之前，他出现在法兰克福西区的一家小酒店里。收了 20 欧元后，老板告诉我说他在那儿租了一个房间。我一边沉思一边继续驱车前行。我没料到事情会这样发展。我很确定罗恩会和他女友住一起，但他去那儿干什么？特别是这个时间？此刻刚过午夜 0 点，不是正常的做客时间。

我在下一个交叉路口换了道，很快便驶上了去巴德索登的路。没过多久我又转入克朗伯格路，沿着山坡上行，往马场方向开去。

路的左手边是住宅区，坐落着很多高级别墅。这也难怪，从这里望去，莱茵—美茵地区往法兰克福方向的风景实在美不胜收。

虽然我巴不得赶紧把这破事做完，但还是耐心地遵守限速，以30公里每小时的速度在住宅区里缓缓前行。车子慢慢驶过GPS传送器显示的罗恩最后现身的那个地址。然后我在马路尽头调头，再次开过那栋房子，一无所获。根本不见罗恩的梅赛德斯。

“也许他把车停在车库里了。”克里斯蒂安道出他的想法。

清晨5点，我们在法兰克福市中心轻快地飞驰。昨天我结束探索之旅回来后，因无法入睡，就在起居室里走个不停，结果遭到克里斯蒂安投诉，说我把他都吵醒了。没办法，我满脑子都是这个新线索。

与此同时，我已经可以确定，罗恩把重要的文件全都放在办公室保险柜里了。他在这些事情上向来谨慎，不会把这种文件带到酒店去。趁我还没把地毯磨出一道大印子，克里斯蒂安走下楼来，头发睡得乱蓬蓬的。正是他提议趁着时候尚早，我们出来尽情享受一番我的新爱好。我最近可是刚刚收获了一双崭新的 Rollerblades 溜冰鞋。

整座城市仍顾自酣睡，我们穿梭其间，身轻如燕。周围几乎没什么车子，所以我们可以在路面上尽情地长驱直入，在博肯海默大街上逐电追风。

“那你怎么看？”见我未就他此前的说法发表意见，克里斯蒂安问道。我脑中浮现出一扇车库门，一扇巨大的车库门，那是一栋与住宅直接相连的低层建筑，至少有两个车位。

“你说得对，那栋房子有一个双车位车库。罗恩很可能把梅赛德斯停那儿了。”

“那我们现在怎么做？我们现在知道的可并不比昨天晚上多多少。”他这话里的谴责之意不说我也明白，他生气是因为我没带他一起去巴德索登。他说看紧我是他的工作。

“至少我们现在知道林登大街 3 号在哪儿了。”我看着他，咧嘴一笑。

“哈，你真棒，找那地方，用谷歌地图不就得了。”

看到他开始冒汗，我甚为满意。这个男人的身体实在是一级棒。我还以为对他而言溜冰自然也不在话下。他的汗水让我很想放慢脚步，但我故作不知，佯装欣赏前面的老剧院。

“好吧，智多星。你有什么高招？”

“很简单，”他冲我笑嘻嘻地回嘴道，“你花钱请我去那儿监视罗恩。没人认识我，也就没人会猜到我在监视他。”

“那我可要破产了，你实在太贵了。”

“别担心，你给我的 1000 欧还有剩。我很久都没觉得这么有趣了。”

“我很久都没觉得这么有趣了”，站在娜娜家门前，我脑中回响着克里斯蒂安的话。真希望自己也能这么说，可是这个夜晚让我紧张不安。一会儿我就要见到卡洛斯了——娜娜的“嫩”郎，妈妈定会这么称呼他。

娜娜的女管家为我开了门。一步入走廊便闻得人声鼎沸，其间还夹着一阵翩跹而至的钢琴声。我深吸一口气，往娜娜的冬季花园走去。她和客人一定都在那里，我知道，因为这不是我第一次出席娜娜的小型晚宴了。“小型”是指二十几位娜娜钦点的朋友和熟人，而“晚宴”就是我不仅身穿拉格斐[①]设计的礼服，还把存放在银行保险柜里的珠宝取出来的原因。此刻，我觉得自己像一棵盛装打扮的圣诞树。

无论如何，要挨过今晚，拍到卡洛斯的靓照……然后，和娜娜好好谈谈。

“亲爱的，见到你我可太高兴了！”娜娜迎上来拥抱我，一股昂贵香水的味道扑面而来。接着她拉住我的手说：“来，我一定得把你介绍给卡洛斯认识。”说起他的名字，她的脸上立刻光彩四射，我暗暗做了决定，娜娜很幸福。如果这个人能让她的面容如此明媚动人，那他一定是做了什么正确的事情，而我是最不愿毁掉娜娜幸福的人。

我内心做着这番独白时，娜娜已把我拉进了一间边房。那里，有两个男人相谈甚欢。

“亲爱的，我想让你见一个人。”娜娜对其中一人道。那人转过身来，我看着他满头的灰发，有些迷茫了。这不可能是卡洛斯，这人至少得 60 岁了。

“很高兴见到你，你一定是塔玛拉了，娜娜总和我说起你。我叫卡洛斯·德·巴里斯特罗斯。”

还好，我的家教派上了用场，令我自然而然地做出了得体的回答，还和他握了握手。不久后，我便走出房间整理思路。我不由哈

---

① 卡尔·拉格斐，别名老佛爷，德国著名服装设计师，1933 年出生于汉堡市。

哈大笑。娜娜又故伎重演了：她让妈妈以为卡洛斯比我还年轻，把妈妈气得抓狂。想到妈妈第一次见到这位“小情郎”时的情景，我再度忍俊不禁。

/37/

第二天早上，我进厨房时刚过 8 点钟。一壶煮好的咖啡已经放到了桌上，旁边还有一整包麦片、一个碗和一个大咖啡杯。这样我就可以给自己准备饮料和早餐了。这个男人真会照顾女人，当然除了麦片可能不是特别妥当以外。

我一个接一个地阅读橱柜里那些麦片的成分表，然后失望地把它们挨个推到了一边。它们真是一个比一个健康。哪怕有一包带巧克力片的，那也好啊。可里面不是果蔬麦片，就是坚果麦片。一个健康食品爱好者渴望的一切，在他这里一应俱全。我关上橱柜，给自己做了个果酱三明治，虽然心里希望能吃点更好的。

吃得还算满意了，我开始翻看昨天的《法兰克福汇报》。我找到印有电视节目表的那页，没准今天晚上有好电影可以看，什么都没有！

我对政治兴趣缺缺，所以就看了看地方新闻。无聊之下，我粗略地浏览了一篇有关新艺术展的文章。它讲的是一些现代艺术家用钢管创作出了很棒的艺术作品。之后，我又信手翻了几页有关莱茵—美茵地区体育赛事的报道。无聊透顶。接着……我僵住了！

“租车司机肇事逃逸”，这行醒目的大字赫然眼前。强忍着胃里涌起的阵阵不适，我继续往下读，只觉得越发奇怪，这篇文章显然说的是我，说的是我把车撞到信号杆上从疤脸哥手中虎口脱险的那个晚上。很明显，他也逃离了现场，因为文中没有提到他。租车公司已对司机提起诉讼，警方正在对该起肇事逃逸案展开调查。

“你前任真够无聊的。”听到克里斯蒂安的声音从背后传来，吓得我差点心跳停止。

“你疯了？差点把我吓出心脏病。”我指责他。

“对不起，我没打算吓唬你。”他带着歉意的笑容坐了下来，一把抓起那盒麦片。

“罗恩怎么无聊了？”

“因为他还在办公室里啊，我在电脑前至少坐了两个小时，等着 GPS 传送器发来新信号。你猜怎么着？什么都没发生！他就只开车到法兰克福，然后去了办公室。除了工作，他还有其他事可做吗？”

“没有，工作就是他的命。”我往碗里倒了些麦片，又加了点奶。“太难吃了！”刚吃了一勺，我便连忙抗议。

“胡说！这是健康食品，比你往身体里填的那些甜食好多了。”

“我需要甜食让我每天都有个积极的心态，而你热爱的那些兔子食品完全没这能耐。”说着，我把我的麦片通通倒进了他的碗里。

“用得着这样吗？”看着他那气恼的表情，我很受用。我没做回答，而是把冰箱后面的那包儿童火腿掏了出来。我早就注意到它了，吃掉它总好过让它烂在里面。

“我现在该怎么办？不光罗恩在找我，连警察都盯上我了。”说着，我把报纸推到他面前。

“你一直都让你的生活这么混乱吗？”

我不知道他怎么会那么快就看完了。那篇文章至少占了 1/4 个版面。

“才不是呢!”我冲他咆哮道，“问题是，我现在该怎么办？”

“什么都不用做。”

“什么都不用做？警察在为肇事逃逸找我，租车行已经起诉我了，而你觉得我应该什么都不做？”

“不用，现在，没人知道你在哪儿。而且你租车用的是罗恩的名字，不是吗？”

“那倒是，我把它登记在罗恩的白金卡上了，但我去取车时也被录到系统里了。我和他们说，我会把车开给罗恩，因为他自己没时间去取。”

“就是这样，让罗恩去解释，换回他自己的清白吧。让他花点时间应付这件事也无伤大雅嘛。”

我不由笑了。这是截至目前克里斯蒂安出的最妙的主意了。

“我今天会去盯林登大街 3 号的那栋房子。”克里斯蒂安又吃了一勺麦片说道。如果他继续保持这种饮食习惯，一定能活到 100 岁。

“哦？”这主意其实不错，但不知为什么，我却想反驳他。

“是的，没准我们正好能挖出罗恩的阴谋。”

“我敢打赌林登大街 3 号那套房子是他新女友的住处。罗恩会在那种地方搞非法勾当吗？我觉得不太可能。”我把我的想法亮出来，让他考虑。

“也许吧，不过我想去看个究竟。”

“我和你一起去。”

“喔，你别去了。”还在用餐的克里斯蒂安抬起头来看着我，摇了摇头，进一步强调自己不同意。

“噢，我就要去！”我执拗地瞪着他。

“我们之前已经达成共识了，你离罗恩太近会很危险，你不能被他发现。”

“我可以伪装嘛。”他可别以为我会在他的住处百无聊赖地坐上一整天。

“啊咯！”他叹了口气，投降了。“我现在很好奇，你会把自己伪装成什么样子。”

我觉得自己像换了个人！我满意地照着镜子。此刻，我正在巴德索登的“一只剪”发廊里。刚才他们用了不到一小时的时间给我接了发。现在我看上去就像德国版的金发碧昂斯。

接下来，我又花了一大段时间购物。最终，我身着一条轻盈的超低胸短裙现身，里面的蕾丝胸罩若隐若现。

当然，我这么费尽心思只是为了不被人认出来。新发型配上宽大的墨镜和迷你裙，罗恩怎么也不可能认出我就是差点成了他太太的那个人。

“哇哦，我差点没认出来。”我坐进副驾驶座时，克里斯蒂安赞许地看着我说。时值正午，林登大街的那套房子他已经盯了好几个小时了。

“这就是我的伪装。”我解释道，假装我也在监视房子，而实际上身体的每根纤维都因和他这样近在咫尺而蠢蠢欲动。

“不错。”克里斯蒂安不再盯着房子看，转而将目光移到了我的领口，钉在了那里。

“我不在时发生过什么吗？”我放松地往后一靠。让克里斯蒂安稍稍冒点汗也没什么，特别是今天早上他竟用那什么健康早餐来虐待我的味蕾。

“没有，什么都没发生。在这儿傻呆半天，简直无聊透顶。”克里斯蒂安将视线从我的领口挪开，皱眉望向房子前面。随即，他又从座位上往下滑了滑，看着我道：“你留长发很好看。”

“是吗？”我觉得有些难为情，不禁用手指缠卷着一缕金发。“我以前头发比现在长，不过罗恩不喜欢。他说银行家的太太看上去应该端庄大方，不能像……”

我没再说下去。罗恩的原话是“性饥渴的男人杀手”，但克里斯蒂安不需要知道这个。

“我喜欢，看上去很性感。”他温柔地呢喃着，我的身体不由得一阵颤抖。“你把法拉利停哪儿了？”

他的问题把我从想入非非中唤醒，我刚才的想法肯定少儿不宜。他怎么能在这时想起他的车呢？

“喔，你的法拉利啊，”我的大脑出现一瞬间的沉默，复又恢复了正常，“在下面的马场。”

“好吧。”不知何故，克里斯蒂安的回答听上去过于平静了。也许，我并不是唯一一个觉得车里特别热的人，而且不是因为这酷暑。

“你当时为什么想嫁给他呢？”短暂沉默后，克里斯蒂安重新发起对话。

“当然是因为爱情啊，”我答道，“不然你还能为什么结婚？”

他摇摇头，咧嘴笑了。“我可以说出一大堆为其他原因结婚的女人，比如说，因为他有权有势？或者因为他功成名就、家缠万贯？”

“我有钱，罗恩有成。”我提醒他，“罗恩不靠钱不靠关系就能在银行业飞黄腾达，这一直都让我着迷不已。”

“现在还是？”我对面是一张若有所思的脸。

“当然了，我认识罗恩时，他已经有所建树了。”

“噢，这样。”

“你呢？从没想过结婚吗？还是说，你比我聪明，根本不想进这个围城？”我反问道，带着探寻的眼光看着他。为什么就只有我得回答那些棘手的问题？

“我觉得有人来了。”克里斯蒂安坐直身子，指着房子说道。那地方看上去和几分钟前一样寂静。如果他以为这么容易就能回避这个问题，那就大错特错了。

“克里斯蒂安？”

“啊？”他又转向我，一脸无辜的样子。

“你能不能回答我刚才的问题？我和你讲了那么多了，这样才公平嘛。”

“我没什么可说的。”他不安地在座位上动了动。“我还没遇上想和她白头到老的女人，而且我的工作也不是特别……”

该死。他这才刚要吐露心声，那双车位车库的门就开始上升了。一辆保时捷跑车雷吼着窜上路面。车门呼的一声轻轻关上了。开车的是一个年轻女人。

“她出来了！你认识她吗？”

“不认识，很可能是我在酒店外面看到和罗恩在一起的那个女人，不过我不确定。”

我们默默地看着她从我们面前一闪而过，随即跟了上去。她的保时捷发出一声满意的低吼，在我们前面直奔市中心而去。我敢说她是去购物的。不久以后，她开启转向灯，拐进了一家超市的停车场。

“跟着她。”

“好的，老大。”克里斯蒂安应声转向，一头冲进了停车场，轮胎擦着地面发出刺耳的声音。好吧，算我这指令下晚了。

“说真的，在这个城市里，我可不希望惹来关注的目光。”我评论着他刚才的车技。

“为什么不？你表现得越惹人注意，就越没人注意你。”

“你真这么想？那就是为什么大家都直愣愣地盯着咱俩，好像我们开的是架 UFO？”

“也许他们还不熟悉我的理论。”

“好像是。”我嘟哝道，不过很快就消气了，因为我们跟踪的那位神秘女子走进了超市。我们抓了辆购物车，在过道里穿行。没多久，我们就开始为克里斯蒂安放进购物车里的东西争吵起来。

“我最讨厌麦片了。”

克里斯蒂安从头到脚地打量着我。“你现在还没明白，不过相信我，你会变的。”

“我还没明白什么？”

“你的饮食不健康，你不能天天吃面包。”

“为什么不能？到现在为止，我还没因为吃面包吃出过问题。”

不顾我的竭力反对，克里斯蒂安还是往车里扔了好多全麦面包。

“这种东西我也不喜欢。”我抱怨道。

“早猜到了。”

我毅然决然地往车里又加了几个羊角面包和一罐家庭装能多益巧克力酱。既然已经开了头了，我又额外拿了几块糖果。克里斯蒂安在一旁挑着眉毛看我。

“我还以为你要注意一下自己的身材？”

“你这是在对我的身材表示不满吗？”

“还没有，不过谁知道几年后你会长成什么形状？”

“是的，那又怎样……？过去这几年我什么都没干，天天光盯着自己的身材了。然后，我的未婚夫就在我们婚礼前四周还在外面乱搞。接下来的那些事，我都不想去想。”

“嗯。”

“如果我多关注一下自己的需要，也许我会幸运点呢。”说着，我又往里扔了一包玉米片。突然，我们发现不知不觉间我们已站在目标身后了，我们的购物车差点就撞到了她的美臀。她回头看着我们，一脸错愕。

“对不起，已婚夫妇的日常争吵。”克里斯蒂安嬉皮笑脸地向对方道歉。

“你不能小心点吗？”我不满地对他说，可他根本不理我，而是把手从她旁边伸过去，取了一包通心粉扔进购物车里。

“怎么样？你觉得那是罗恩的女朋友吗？”我们刚回到车里，克里斯蒂安便问道。

“她年轻貌美，当然是他女朋友了！”

“确实。”

我更希望他表示赞同时不要显得这么雀跃。她其实没那么漂亮。“我只是不理解，他为什么要在法兰克福租间酒店客房。”我自言自语道。

“也许他想要自由吧，如果有什么不合意的，可以随时抽身。”

“你说得对，那听起来很像他的作风。”

“我们现在怎么做？”克里斯蒂安一面发问，一面看着我，等我回答。

“去她家，看看她是何方神圣。”

“这个我早知道了，”克里斯蒂安转向我，一副自鸣得意的样子。“你以为我在她家门前坐了几个小时会连她姓什么都不知道？”

“噢，那好吧。她姓什么？”

“巴雷利，有点像面条的品牌。”克里斯蒂安宣布道。我突然阵阵发冷，胃里涌上一种奇怪的感觉。

“你还好吧？你的脸色很苍白。”

“没事，我很好。”我撒谎道。其实我觉得好像有人拿了把锤子，正在我脑子里乱捶乱砸。

“没事？”克里斯蒂安听上去很担心。我不能怪他。如果我看上去一如我感受到的那般糟糕，那我自己都不想照镜子。

“我没事，回你家吧，求你了。”不要想它，不要记起“巴雷利”这三个字的含义，只要呼吸便好，只要吸气、呼气。

/38/

我们一路无言，驱车返回克里斯蒂安的寓所。他不时投来关切的目光，但我没做回应。刚才的震惊已经让我舌头打结。我脑中思绪翻涌，转个不停，而我不知道怎么才能让这旋转木马停下来。我身上忽冷忽热，呼吸也还没有恢复正常。

“和我说说，到底怎么回事？”待我们终于回到他的住处，他才发问道。一杯热气腾腾的茶水放到了我面前的桌上。手里握着这暖暖的饮料，我顿时感觉舒服了一些。

“那个死者……”又等了几秒钟，我才终于开口讲话了。想到接下来要解释的事情，我不得不使劲吞咽，因为胆汁貌似又要回流了。“那个死者就是她老公。”

“巴雷利？他也姓巴雷利？”

“我也是几天前才从报纸上看到的，他已经被报失踪。说真的，我考虑过要想办法让他的遗孀知道他已经死了，可是后来发生了太多事情，我都不知道该怎么通知她了。”说到这里，我不由大笑起来，只不过是近乎歇斯底里的狂笑。“所以，看来我才是最后一个知道死者身份的人。我猜他老婆已经知道很长时间了，当然，罗恩也是。”

“你觉得是罗恩杀了他吗？”

“我不知道。”我的声音弱了下来，试图挤出一个漫不经心的微笑。

“你确定尸体失踪了，就那么不翼而飞了？”

“我们已经讨论过这个了。”

“是的，不过你不会以为我真信了你的故事吧？”

“信不信由你。”

“你要求很多，你想要我帮忙，但却不愿意告诉我实情。”

“你自己答应的啊。”

“也许那是个错误。”

由于克里斯蒂安也没有什么更好的主意，接下来的时间我们就通过网络追踪罗恩的动向。他在哪儿停下，跟踪器都会显示出来。如果这个装置可信的话，罗恩到现在也没离开过银行。他的车子一发动，我们就会收到短信提示。在此期间，也没有太多要做的事，所以克里斯蒂安同意回酒店帮我取剩余的物品。

他离开后，我从书架上找了一本小说，努力把注意力集中到书上。不过，不太成功。我的思绪还是围着那个死人转。

在把同一个句子读了五遍却还是没读明白之后，我站了起来。再看下去也是徒劳：我的思绪已不由我做主。也许喝杯咖啡能让我放松下来。我转身往厨房走去。我必须找点事情打发这漫长的等候，不然我非发疯不可。

这公寓实在是不错。我的目光落到了楼梯上。克里斯蒂安家很大，有上下两层。这是一栋老房子，最近刚刚装修过，应该是没多久的事，因为我觉得自己甚至还能闻到新鲜的油漆味，而且屋里每件东西看上去都簇新簇新的。起居室的大玻璃门正对着露台，从露台过去就是一个小花园。客房、克里斯蒂安的书房和卧室都在上面一层。

我还是去他书房找本别的书看吧。那里，一个硕大的书架占了整整一面墙，上面的书得有好几百本。其中总有一本能让我稍微分一下神吧。只要不是血腥的恐怖小说就行。我略带迟疑地迈步往楼上走去。背着他到他的书房找书看，我感觉不是特别自在。可另一方面，好奇心又在召唤我。一个应召男为什么会需要书房？尤其是一间不兼作卧房，还配备了昂贵的计算机和各种科技装置的书房。另外，还开着法拉利？住着大房子？所有这一切都价值连城。要么是应召男的收入比我想象的高，要么就是他还有其他收入来源。

我突然停下了脚步。如果他其他的收入来源是非法的，那我到底要不要知道？现在我生活中的麻烦已经够多了。然而，我并未停下上楼的脚步，虽然我很清楚这么做不妥。

别看克里斯蒂安家井然有序，但他的书房却乱得一塌糊涂。巨大的书桌占了大半房间，上面放着好几堆资料，还有一台纯平电脑显示器。坐在电脑跟前，余下的地方只够写写字罢了。桌上的其他东西都被围困在四处乱放的纸张、铅笔、打开的信封和杂志里了。一张写满数学公式的纸就搁在我正前方的桌面上。我看了一下，读了读那些公式，但完全不明就里。考虑到我的数学成绩，倒也难怪如此。

一本杂志半搭在一堆资料上，名为《经济学人》。念及他的职业，我会猜测《好色客》或《花花公子》才是他的菜。然后，就是那些书架了！我大学毕业后就再没看到过这么多乏味的书了，简直蔚为壮观。这差点让我以为自己一不小心钻进了爸爸的藏馆。他也特别偏好无聊的文学作品。现在事实明摆着了：我在这里不可能找到生动有趣的小说了。

我耸了耸肩，转过身来。这实在出乎我的意料。克里斯蒂安过着双重生活，但不是我最初怀疑的应召男/毒贩子组合，而是应召男/金融数学家组合，好奇怪的搭配！

该死。我经过他的书桌时，竟有一沓资料兀自掉到了地上。桌上的资料歪歪扭扭地堆成了山，本来看上去就很不稳当。我叹口气，开始收集散落在地的资料，准备把它们重新放回桌上。我的目光停在了其中一个信封上。这信封倒没什么特别之处，不过是公用公司的账单而已。奇怪的是，信的收件人不是克里斯蒂安，而是弗兰克·茂乐。其他信件的收件人也都是这个人。看起来克里斯蒂安并不是他的真名。弗兰克·茂乐？我死死地盯着那个信封，努力回忆自己曾在哪里听过这个名字。

“你如果那么有兴趣，何不直接看信好了？”

“天啊，你吓死我了。”

克里斯蒂安站在书房门口，双臂交叉。他的脸像是戴了一副僵硬的面具，但还是看得出来，他很生气。

“不是……我只是……”

他飞快地做了个手势，不愿听我解释。“算了吧，你也许能理解，我这种职业，在工作时不可能用真名。我只是想和你说一声，今晚我要出去。很可能要到明天早上才回来。”语毕，他转身离开。

投进另一个女人的怀抱。

我嫉妒她，我是个傻瓜，只要看看我差点就嫁了的那个男人，你就会知道我总爱上不靠谱的人。

“等一下，”我在他身后大喊，“你要去哪儿？”这问题脱口而出，我顿时面红耳赤。我听上去就跟他老婆似的。我想收回这句话，可已覆水难收。他挑起眉毛，回身望向我。碍于自己醋意大发，又被当场抓到偷看信件，我只觉得浑身不自在。而他看到我这一连串的窘相后所做的考量，我完全可以从他脸上读到。

“你不用担心，我就是想找本书，结果被你的书桌绊了一跤，如果不是因为这个小插曲，就什么都不会发生。我没有打开你的信封，没读里面的内容。”

“随你怎么说吧。”他回答道，随即往门口走去。我很想在他背后大喊“别以为我会等你”，可那样的话，我听上去就真成他太太了。

/39/

第二天早上我醒来后，情绪很糟糕。昨晚我费了好长时间才入睡。大多数时候，我都在床上辗转反侧地想着克里斯蒂安，接着又为自己想着他而恼怒不已。

我在吃醋，吃另一个女人的醋，他昨晚去见的那个女人。我怎么可以这么蠢？先是差点嫁给一个出轨男，现在又爱上了一个应召男。

我长叹一声起了床，下楼来到厨房。但愿他还在睡。

“早上好！”这嘲弄的招呼声一下子撞破了我那半梦半醒的状态。克里斯蒂安已经坐在餐桌旁了。他看上去精神十足、充满活力。若非里面有咖啡粉，而我又急切地需要来杯浓咖啡，我真想把那咖啡罐扔他脑门上。他为什么看上去这么神采飞扬？据我所知，他今天早上 5 点才回家。我可不是故意熬夜不睡，专等着看他什么时候回来。

不是的。只是他关门和上楼梯时，我都刚好还醒着罢了。如果我反复这么告诉自己，也许我就能信以为真了吧。

他是一个人回来的。至少，在我来看是这样。我宁愿不知道他昨晚的故事。

现在，他就坐在餐桌旁冲我微笑。他的牛仔裤看上去刚洗过，保罗衫也熨得妥妥帖帖。再看看我，就裹了一件罗恩的旧 T 恤。我应该第一时间就把它丢掉的，可我不知道自己打包时怎么会连它也带上了。和罗恩有关的一切都该丢进垃圾桶。

我有些愁苦地想起了那些还在客房卫生间里等我的化妆品。真不走运。现在，他已经看到我素面朝天的样子了。好吧，那他就欣赏我的心灵美好了。

我转身背对着他，让自己一心一意地将咖啡粉舀入过滤器中。

“咖啡已经煮好了，还有刚出炉的面包。”

“你非得摆出这么一副令人作呕的喜滋滋的架势吗？”我抱怨道。昨晚一定妙不可言。我差点把这想法说了出来，但还是勉强忍住了。

“我们今天干什么？”我喝着我的咖啡，他问道。

“我还以为你有别的事呢？”我专注地往面包上抹黄油，就好像对他怎么回答根本不在意似的。

“没计划，我今天一整天都有空，您尽请吩咐。”他笑了，那眼神让人觉得他指的可不只是跟踪罗恩这一件事，但我不想搭理他。昨天的事清楚地告诉我，我差点又陷进去了。我已经有些过分依赖这个天天以取悦别人为生的男人了。“我怎么会这么傻？”这是我昨晚辗转反侧之下最靠谱的想法了。从现在开始，我要专注于手头那些正经事。不用多久，我就有空关心自己的七情六欲了。

“我觉得是时候进一步盯紧罗恩了。在我看来，他现在过得未免也太逍遥了，我要去拜会我们的一个好朋友，把他的婚外情告诉她。”

“那样做有什么意义？”

我慢慢笑了起来。这主意是在我昨晚躺床上睡不着时冒出来的。

“艾米丽·曼德尔是我认识的舌头最长的长舌妇了。如果我把罗恩的好事告诉她，到今天晚上，整个克龙贝格就无人不知了，罗恩肯定不想这样。如果人人都知道他和一个老公神秘失踪的女人有染，我想他应该不会欣喜若狂吧。他肯定更希望这个小故事能永远不为人知。”

“可我们并不确定这两人是不是真有一腿。”克里斯蒂安插嘴道。

“是的，那又怎样……？如果罗恩是清白的，这就权当是流传在克龙贝格的另一个谣言呗。”

我很快就给艾米丽·曼德尔去了电话。这时候给人家打电话实在有些不礼貌，起码在我的社交圈里是这样的。不过形势如此危急，凡事都得另当别论了。我们大婚在即，罗恩还背着我乱搞，我有权得到大家的同情。尽管我要致电的这位女士很可能连“同情”二字怎么写都不会，但除此之外她却无所不知、无人不识。

她接电话的声音略显暴躁，毕竟现在还时辰尚早。不过没多久，她的语调里便满是虚情假意的同情了，果不其然，我今天下午应该过去一趟，喝杯咖啡。

下午 4 点，我敲响了她家前门。几分钟后，我们就坐在了起居室里，人手一杯咖啡。她带着莫大的同情听我娓娓道来。

“我真的很难过！真是没想到。”听完我的故事，她说道，“当然，我谁都不会告诉的，你的秘密就到我这儿为止了，你尽可放心。”她嘟哝道。

很好，这下我敢确定，今天之内势必满城皆知。

“你认识马德琳·巴雷利吗？”我问，“我想知道这是个什么样的女人，能把罗恩迷得五迷三道的。”我咽了口唾沫，意识到眼泪又开始蓄势待发了。在这场对话中，有时候我并没有演戏。一想到罗恩的背叛，我便难免真情流露。

艾米丽默默地坐了几秒钟，思考着我的问题。我也利用这段时间调整自己的情绪。

“塔玛拉？”艾米丽疑惑地看着我。没错，她定是说了什么了。我自动换上一张可爱的笑脸。

“抱歉，艾米丽。我今天不太舒服。这事对我打击太大了。你刚才说什么来着？”

“当然，我完全理解，你这可怜人啊。”艾米丽同情地拍着我的手。如果我不认识她，我几乎会把她的同情当真，可我知道她不过在耐着性子等我离开，好去散布消息。

“我刚才说，我认识马德琳·巴雷利很多年了。她是我们桥牌俱乐部的，跟你说真的啊，我就没喜欢过她。她长得不错，不过跟你可没法比。”这是在说谎，不过我假装没听出来。“罗恩怎么会看上她，我真搞不懂。她不是还卷入了一出丑闻吗？怎么回事来着？哦，对了……她老公失踪了。真是天时地利啊！这下，他俩就可以肆无忌惮地搞在一块儿了，不是吗？”艾米丽突然住了嘴，她也意识到自己刚才的那个说法有点欠妥。

“没准是他抛下她了。比方说，出去买烟，然后就人间蒸发了，你不能怪他。”她的补救之辞听上去有点蹩脚，但我还是让自己的笑脸看上去愈发充满感激。

“你就不知道其他什么了吗？”我的语气听上去很急切，带着恳求的意味。我想尽可能的掌握这个女人的情况。也许是她谋杀了亲夫，也许罗恩只是在为他的情人做掩护，虽然这叫我无法想象。以我对他的了解，罗恩行事向来只为自己。

艾米丽把我那忧虑的表情误解为痛苦了，笨手笨脚地拍拍我后背道：“会好起来的，你会明白的，过几个星期就没那么糟了。”她哪里知道事情究竟有多糟糕，接下来又会如何愈发不可收拾。

慢慢的，她开始有逐客的意思了。我注意到她越来越兴奋不安，手指蠢蠢欲动，恨不得马上去拨电话，将这新鲜出炉的丑闻广而告之。

/40/

我驱车回法兰克福，心下对自己刚才的表演相当满意，迫不及待要把那番对话讲给克里斯蒂安听，告诉他我的演技是何等精湛，而艾米丽又是如何上钩的。很快，我们朋友圈里的每个人都会知道罗恩的婚外情了。我真希望能亲眼看看，当得知自己的小秘密变得人人皆知时，罗恩脸上会有怎样的表情。

我吹着傻乎乎的口哨，用克里斯蒂安给我的钥匙打开了前门。我唤了克里斯蒂安几声，但没人回应。奇怪。楼上也没他的影子。

没人在家。我的好心情像泄了气的皮球般一下子蔫了下去。他很可能又去工作了。我气恼地飞起一脚，踢向一个网球。球嗖的一声穿过房间。哎哟。希望没打碎什么东西。但这个希望很快便化为泡影，因为我发现这球把一个纸灯罩弄破了。那是一个日式地灯，看上去很贵。该死。

我琢磨着要不要用胶带粘上，不过到最后还是放弃了。我若动手，恐怕只会让它雪上加霜。我还是干脆给他买个新灯罩好了。他干吗满屋子乱丢网球？

我的好心情彻底烟消云散了，也不知该干点什么。我可以看看书或电视，可不知为什么我没法静下心来。另外，这个时间从来就没有什么好节目。说到底，克里斯蒂安在为其他女人服务，我凭什么付钱给他?

我呆呆直视前方，就这么过了好一阵子，等着钥匙开门的声音，等着克里斯蒂安回家。

如果他现在有空的话，那他显然也没把这时间花在我这里。这个意想不到的想法偷偷冒了出来。我的心情谈不上因此好转。实际上，如果我还有什么心情的话，那也只能是愈发难过了。我必须离开这儿。再这么等下去我会发疯的。克里斯蒂安可以我行我素，我也没时间在这儿干等。我要单枪匹马地实施计划的第二步。

打定主意后，我便直奔购物中心。我希望罗恩的马仔不会出现在这里，这地方差不多是所有男人的噩梦。

我决定去偷拍罗恩和马德琳，证明他们的奸情。我需要一台配有多个合用镜头、不带闪光灯且能在黑暗中拍照的相机。

幸运的是，没过多久我就找到了完全符合要求的相机。实际上，我现在应该回克里斯蒂安那里，因为我答应他不会单独去找罗恩，可他还没回家呢，好吧。我不会遭遇什么不测的。罗恩不知道我在哪里。另外，他根本不知道我已变身长发女郎了。

我把车停在了巴德索登的那个马场旁边，徒步穿过大街，取路上山。可我在那些小巷里迷路了，然后一点一点地找到了去马德琳家的路。没过多久，我就站在了她家旁边的那栋房子前。现在唯一的麻烦是，我必须穿过那片花园才进得了她家。

我决心要装出很正常的样子，尽可能的正常，就像一个打算擅入陌生人私家领地的普通人那样。我的一颗心突突狂跳着，一只脚踩上了修剪整齐的草坪。我真是没有干这事的勇气。那些屡屡得手却从未吓出心脏病的飞贼们是怎么做到的？

我屏住呼吸，穿过绿油油、湿乎乎的草坪。不过几米的距离。希望没人看见我！终于，我来到了马德琳家屋后。当然，那里有个栅栏，我早就料到了。她看上去就是那种一毛不拔、什么都想据为己有的女人。不过我随即又想到自己其实半斤八两。我们以前也是围栏护院的做派，但那当然是罗恩的主意。

摆在我面前的是一个很现实的问题，我得设法翻越这道障碍。我蹙起眉头，仔细检查这绿色的铁丝网。我应该可以爬上去，只愿它承得住我的重量。

我砰的一声落到了对面。哎哟。我刚才计算失误了，这栅栏其实没有看上去那么高。该死的。我紧张地四下环顾。希望没人听到这动静。我等了几秒钟，周围还是一片寂静。现在，继续前进。我只想赶紧完事，然后溜之大吉。

眼前的这片果园一定是数十年前一位酷爱果树的人种下的。借着它的掩护，我慢慢接近她的房子，躲到了一棵苹果树后面，感觉还算安全。她家的起居室直接与花园相通，露台的门敞开着，因为这是一个温暖舒爽的夏夜。从我所在位置看去，起居室里的一切全都一览无余，不过，没见到马德琳和罗恩的影子。

紧接着，她穿着一条轻薄的短裙进入了我的视线。她可真漂亮，这个发现让我有些气恼。老公都失踪了，她那副样子未免也太开心了。

她打通了电话，在起居室里走来走去，最后在宽大的白沙发上坐下，身子往后一靠。她的目光正好落在了露台上，还有后面的绿色草坪和果树，我藏身的果树。我心跳得厉害。她看见我了吗？但马德琳若无其事地继续讲着电话，丝毫看不出她发现了什么不对劲的地方。不过没准她是天生的好演员呢。没准她会冲过来猛击我的喉咙。我敢打赌，她绝不会手下留情。

她知道自己的老公已经死了吗？她大笑着，舒服地蜷缩在沙发上。也许她在和罗恩通话。

突然间，他的身影出现在起居室中央，吓得我差点把相机摔地上。他悄悄溜到她身后，伫立良久。我一度以为他想干掉她呢。但他随后向她弯下了腰。她一见他便笑逐颜开，放下手机亲吻他。好在我眼疾手快地拍下了这一幕。

我已经拍到了这两人的第一张合影，夜还长着呢，谁知道接下来我还会拍到什么。马德琳挂了电话，而罗恩的双手正在她身上四处游移。我又拍了几张，虽然浑身不自在。目睹你的前任抚摸另一个女人，这感觉很奇怪。

眼泪开始在眼眶里打转，不过我继续盲目地狂按快门。过了一会儿，我才放下相机擦了擦鼻子。这整件事真是傻透了。等我重新打起精神来，起居室已空无一人。我无须发挥什么想象力便知道他们去哪儿了。

二楼一间房的灯亮了。卧房。这下机会来了，我可以拍到更精彩的照片了——他俩的床照。虽然我根本不想看到罗恩和另一个女人颠鸾倒凤，可我不得不，这种照片自是越多越好。

问题是，怎么拍。这该死的卧室在二楼。我迟疑地看了看藏身的这棵树。树枝看上去蛮结实的，我只需爬上去就行了。但这绝非易事，因为连最低矮的树枝都离地老高。露台上有一把折叠椅。相当廉价的那种椅子。我不由暗叹，她怎么会有那么个便宜货。

几秒钟后，我就踩着这摇摇晃晃的椅子开始爬树了。我爬到了一个能直接看到卧室的位置，就像坐在戏院包厢里一样。我简直不敢相信，这地方竟然这么合适，仿佛专门为我定制的一般。那两人已经躺在床上如痴如醉了，就算我在窗户外面上蹿下跳，他们八成也无知无觉。

我坚定地拿起相机，透过镜头观察着，等待能够同时清晰地捕捉到两人面目的时机。不幸的是，她在亲吻罗恩的胸膛，脸被长发遮住了，而罗恩四仰八叉地躺在那儿，一副飘飘欲仙的样子。

过了一会儿，终于，罗恩也开始动作了。他轻轻抚摸着她，我则暗自祈祷，希望最后时刻他们能一齐望向镜头方向，可罗恩花了好长时间才完事。

他们同时停止了爱抚，竖起脑袋，好像在听什么。接着罗恩说了句什么，站了起来。他赤身裸体地径直往窗户这边走来，而她仍旧待在床上，头枕着自己的手，看着他。终于等到了完美的照片！这下，要想让人相信这是柏拉图式的纯友谊，他可有得解释了。

罗恩弯腰捡起裤子，在口袋里摸了半天，掏出了手机。我能想到这个点儿会是谁打来的。那一传十十传百的小秘密，传到他耳朵里的时间比我预计的长了那么一点。

不管怎样，那都不是通愉快的电话，因为没过多久罗恩就开始吵嚷了，举止也随之暴躁起来，在屋里来回踱步。几分钟后，他突然挂了电话。他和马德琳说了几句后，就开始穿衣服。今晚的趣事估计到此为止了。

我必须马上离开了！

我屏住呼吸，极尽小心地爬下树来，在黑暗中用脚摸到了那把椅子。这椅子颤颤悠悠的。什么破玩意儿！不过，我的双脚终于还是踩到了坚实的地面上。我连忙往屋后退去，爬过栅栏，一路奔过邻居的花园往马路上猛冲。就在我即将一脚踏上马路时，我的心吓得停止了跳动。

“你在这儿干什么呢？”挡住我去路的女人问道。很合理的问题，但不是我想诚实作答的问题。

“我……呃……我在找我的猫？”

那女人又逼近了一步，一脸狐疑地盯着我。“拿着照相机找你的猫？”除了为难别人，这好管闲事的婆娘就没有更好的事可做了吗？这次我没有停下来回答她，而是把她推到一边，从她身边挤了过去。

“站住！你给我站住，不然我报警了！”她的惊呼简直穿云裂石，远在法兰克福的人很可能都听得到。

我竭尽全力地奔跑，气喘吁吁地来到车前，打开车门，屁股刚挤进方向盘后面，就赶紧发动了引擎。好了，慢慢来，我可不想惹人注意。终于，巴德索登被甩在了身后，而我的呼吸也比刚才顺畅多了。我开进了左侧快车道，向法兰克福疾驰而去。

/41/

“你去哪儿了？”克里斯蒂安怒气冲冲地问道。

“我还想问你呢。我从艾米丽家回来时，你跑哪儿去了？就算你有工作，你至少可以给我留个消息啊。”

“你如果定期查听语音信息的话，就不会不知道我去哪儿了。”

“哦。”我有些心虚地把手伸进包里。克里斯蒂安说得没错，显示新信息的图标确实闪个不停。

“这该死的手机每次都得过好几个小时才告诉我有语音信息。”我辩解道，“不过，我还以为你只为我工作。你别忘了，我付钱给你就是这个意思。”我出言攻击他以回避认错。

“我还以为晚上我可以出去呢，难道你不分昼夜地把我包了？”他带着讽刺的笑容看着我。

“是的，不是，我以为……”得，我现在又摇身一变，成了一个结结巴巴的傻瓜。

“和你说一声吧，我昨天晚上陪我父亲博彩去了。”

“一直玩到凌晨 5 点？”这话不分青红皂白地脱口而出。我为什么就不能想好了再说？

“是的，我父亲很好这口，这下你满意了吧？还是说需要我提供一份详细声明？”

“算了。”我愤怒地转过身。我愚蠢的行为已经够糟糕了，但克里斯蒂安的冷嘲热讽更让我抓狂。“不管怎样我都得离开这儿了。我这就收拾行李去住酒店。”

“等等!”克里斯蒂安站起来抓住了我的胳膊。“别生气，对不起。”

我犹豫了，心里纠结万分。一方面，我想留下来，可另一方面，我又觉得我们生活在一起只会越发千头万绪。

“你住酒店不安全，罗恩在找你，我今天下午又跟踪他了。他在盯梢巴特洪堡的一所房子。”

“巴特洪堡的一所房子？不会碰巧是在坦纳瓦尔德尔吧？”

“正是，你知道谁住在那儿吗？”

“我妈妈。”我需要坐下来了。我不喜欢罗恩监视妈妈的住处。“他去那儿干吗？”

“我觉得他是慌了，他找不到你，很可能希望从你妈妈那里发现点什么。他在她家门前站了大约两个小时，然后又开车返回了巴德索登。”我点了点头。我当然知道罗恩在巴德索登干了什么。

“看到他把车停在马德琳家门前，我就返回法兰克福了。我很担心，因为我打不通你的电话。”克里斯蒂安看着我，眼神里充满鼓动。这下显然轮到我告诉他，这一天我都干了些什么了。我隐隐觉得他听到这消息恐怕不会太高兴。

果不其然……

“你疯了吗？被他发现了怎么办？我们处心积虑，不就是为了不让罗恩知道你的行踪？结果你倒好，没事找事，一个人去他女友家的后院瞎晃。”

“你又没在那儿。”我竭力为自己辩护，不过没什么效果。

“是，那又怎么样……？那几张照片又不是不能再多等几个小时。今天拍还是明天拍，根本没多大关系。唯一要紧的是，他会把你也杀了。”

他也许说得没错。可是……

“对不起，可我不能就傻坐在这儿，等着我的生活自行复原吧。过去这些天就跟炼狱似的。你说多等一天也无所谓，可墙上出现的每一道影子都会让我胆战心惊。我的前任很可能是个杀人犯，我自己被人追杀，还和一个应召男住在一起。你觉得我过得有滋有味吗？”

克里斯蒂安没有回答，而是叹口气，双手伸到了头发里。我很后悔刚才的最后一句话。我不是那个意思的。实际上，是的，我就是那个意思，可我并不想那样讲，一点都不想，因为，我在这里住得很开心。

“你不介意的话，我去看会儿电视。”最后我开口道，因为这紧张的氛围正啮咬着我的神经，也因为我不知道还能说点什么。其实，我应该向他道歉，但我不知道该怎么说。我又不能说我不是那个意思，因为那明摆着是在说谎。

“你随意。”克里斯蒂安反驳道，表情怪异地盯着我。我觉得很不舒服。如果我不了解情况的话，还会以为他对我感兴趣呢。那种男人对女人的兴趣，但这想法很荒谬。他帮我是因为我给他钱了。没有其他原因。于是我起身进了起居室，在那里不停地换台，终于找到了一部想看的电影：罗素·克劳主演的《角斗士》。

不多久，克里斯蒂安也过来了，把脚搭在茶几上，盯着屏幕。尽管他并没看我，但过了一会儿，我觉得周围的空气都带电了，连电视画面里频现的半裸猛男都没什么帮助。我的目光不止一次飘到了他身上。他脱掉 T 恤衫的样子有多有型，我还记忆犹新呢。他完全不输罗素·克劳。

过了一会儿，我能看出克里斯蒂安受够了这电影，因为他从茶几上拿起一本杂志看了起来。

“你看书的时候不会被电视打扰到吗？”几分钟后，我问道。他看一会儿书便会停下来盯一会儿屏幕，接着又继续看书，如此循环往复。这没能逃过我的眼睛。我不能怪他：如果要我读《环球经济杂志》，那我也宁愿选择看电视。我只是惊讶于他竟没读睡着。

“啊？”克里斯蒂安恼怒地看着我。显然，他刚才正聚精会神地看书呢。“哦，不会，电视不会打扰到我，我总这么做。”

“一边看电视一边读书？”

“是的，这样我就什么都不会错过了嘛。只要电视开着，有好节目了我都可以抬头看看。这样的话，精彩的部分就都能看到。”

“那你还不如买个电视指南，选择你想看的电影呢。”

克里斯蒂安耸了耸肩。“那样就没惊喜了嘛。”

“哦，这样啊。那全球经济有什么吸引人的呢？特别是在你可以看《角斗士》的时候？”

“我喜欢与时俱进。”他答道，然后又把脸埋到了杂志后面。这次他可没那么容易就能对付过去。自从进过了他的书房，我就一直急于知道一个应召男怎么会对这些东西感兴趣。

“你的工作还需要这个吗？我的意思是，那里面有如何更好地款待女人的小贴士吗？比如说，《关于情欲区的最新发现及如何通过金融操纵达到第一次性高潮》之类的文章？”这听上去有点讽刺的意味，不过我觉得如果我想了解更多，就一定得想办法引诱克里斯蒂安开口。再说，我确实很好奇；非常好奇。

“没有，没那种东西。怎么？你觉得我的功夫有待提高吗？那天你看上去可是对我百分百满意。”

太蠢了，我竟然什么都不记得了。“确实蛮不错。”我说，就好像我知道自己在说什么似的。我只希望和他在一起的那晚不是一场灾难就好。“那也没法解释你为什么会对这本杂志感兴趣。”我刻意把对话带回到安全的方向上来。

“我以前学过这个，就这样。”他嘟囔道，很可能以为这样就能敷衍我了。事实上，他应该更了解我一些。

“你念过商学？可你半途而废了是吗？换句话说，和我上过床的这位应召男除了擅长取悦女人外，还另有所长？”最后一个问题只是个玩笑，但方才话里话外的讽刺之意已流于无形。

“为什么不呢？做应召男可比研究税法的最新变化有意思多

了，你不觉得吗？”

“接下来，你就要告诉我你已经拿到博士学位了吧？不过你也太年轻了。”我挑剔地看着他。他脸上的某种表情深深地刺激了我。他那样子几乎会让你认为，他正把自己的快乐建立在我的痛苦之上。“求你了，告诉我，我点的不是什么商学博士。”

“你还会在意这个？”

“我还会在意这个？掏钱请一位无聊的商学博士和我欢爱？”

“我倒没看出你觉得无聊啊。”克里斯蒂安看着我，带着一副迷死人不偿命的表情。他有一大堆这种吸引女人的表情。他俏皮地笑着，但我宁愿他是在对着屏幕时露出这副笑容。我该终止这话题了。

“你怎么可能有博士学位？你是个应召男啊！”

“我该说什么好呢？”克里斯蒂安张开双臂，“没听说知识多了会伤人的。”

“哈哈，很好笑，不过你拿博士学位，未免也太年轻了。”

“你以为我多大了？”

“绝不会超过 27 岁。”

“你伤到我了，我才 26 岁。”

“这么说，你是那种智力超群的人？”

“不是，我比一般人聪明不到哪儿去。”

“那你有多聪明？”

克里斯蒂安耸耸肩。“我以全班第一的成绩毕业，不过那只是因为，如果我需要找份不错的博士工作就不得不拔尖。”他说话的样子表明，他情愿不要再谈论这个话题了。但这实在是太有意思了。

“那你后来怎么成应召男了？像你这样的小天才，赚钱易如反掌啊！”

克里斯蒂安叹了口气。显然，他已经看出没那么容易躲过我的问题了，而这次他判断得完全正确。

“你知道那有多无聊吗？除了学习工作就没别的事情了？我受够完美了。我想要过得有声有色，见见女人，交交朋友，做自己想做的事。我开始明白自己想要什么了，你能理解吗？”

“听上去你的生活确实没什么意思。”

“没错，而说到女人，那就更糟糕了。我甚至没法谈恋爱，就因为没时间。先是专心拿下高中毕业证，然后是大学，然后是工作。我后来也恋爱过，不过都昙花一现。女人们都发现我永远没有足够的时间陪她们。”

“也许那不是唯一的原因。”

“哦，真的吗？为什么这么想？”

“你考虑过你的行为吗？”我冲他乐了，忍不住想对他旁敲侧击。

“那是什么意思？”

“克里斯蒂安，我们现在正肩并肩地坐在沙发上。你在干什么？你在看无聊的杂志！如果你觉得那破书比我还有趣，那你真是无可救药了。”

糟糕。该死。我不应该这么说的。我这脱口而出的回答没能逃过他的注意。他咧嘴一笑，把杂志放到一边，俯身过来。安全起见，我挪开了一点点。他不该把刚才那番话当成一种邀请的。

不过，他可没那么容易摆脱。

“你怕我吃了你啊？”他双眼炯炯有神地盯着我。我怎么总让自己陷入这种境地?

“呸……做梦。”我冷冷地说道，继续专心看我的拉塞尔·克罗，至少他和我保持了安全距离。

“好吧，那我再靠近一点，你应该不会介意吧。”

我假装沉浸在剧情中，没回答他的问题，努力忽视我们紧挨着的身体。

“你能让出点地方吗？”我说着，又想挪开些。但我挪不动了，沙发的扶手逼得我不得不待在原地。

“我还以为你觉得无聊呢。你刚才不是说，我可以干点比看杂志更有趣的事吗？”

“我只是举了个例子，为了和你讲明白你让前女友们不爽的原因。”

“这也会让你不爽吗？”他迎着我的目光，等着我回答那个不言而喻的问题。慢慢的，非常缓慢的，就好像刻意给我时间让我从容思考想不想要似的，他的嘴唇滑过我的头发，一直游到我的脖颈上，轻触我的肌肤。“我能想到太多比那有趣得多的事了。”他一边低语，一边吻住了我。

我紧紧抱着他，拼命感受他。我再也不会松开他了……再也不?

这想法一下子把我带回了现实。我停止了亲吻，把他推到一边，坐了起来。我一定是疯了。我对自己发过誓，不会和他做任何事情，不会再爱上一个不对的人。

“你做得对，我们到楼上去，这儿地方太小。”克里斯蒂安没注意到我的情绪已发生了变化。他起身拉着我往前走，在楼梯旁停下。在他吻我时，一个个问题在我脑中飞转，不过很快它们就不再是问题了。

还来不及多想，我已经躺在床上了。

电话响了。

“别管它。”克里斯蒂安低声道。

他的手机铃音是《碟中谍》的配乐。

“该死。”克里斯蒂安抬起头，蹙眉望向床头柜上的手机。

“让它响吧。”我低声说，把他拉了下来。

马刀舞曲又响了起来，另一部手机。我垂头丧气地盯着天花板。不会吧！

“你有多少部手机啊？”

“很多。”克里斯蒂安亲了亲我的额头。我知道我们的良宵到此为止了。“对不起，这个我得接。”

我还没来得及开口说话，他就已经走了。我失望地躺在床上，想知道为什么一个应召男会有一部必须接听的电话。我只想出了一个答案，但我不喜欢这答案。

/42/

“你在开玩笑吧!”克里斯蒂安目瞪口呆地看着我。考虑到他的职业隐蔽性这么强，我真没料到他会有这种反应。

“我也是迫不得已，是时候深挖一下罗恩的老底了，而我敢肯定他把所有重要的文件都放在办公室的保险柜里了。就算他和谋杀没关系，肯定也有其他不对劲的地方。也许他想拿走我的钱呢。也许我能找到线索，证明他和巴雷利谋杀案有关呢。”

“你觉得他的保险箱里会有一份忏悔书吗？类似于：是我干的，是我杀了巴雷利？”

“少在那儿冷嘲热讽了，你到底帮不帮忙？”

“一定还有别的办法。”他交叉双臂，斜靠在厨房操作台上。你一定会以为我想请他私闯罗恩的办公室。其实我只是希望他在我入室行窃时能帮我站岗放哨而已。

“你如果有更好的建议，我愿意洗耳恭听。”沉默。我就知道，他根本就没有更好的招。这沉默持续了几秒钟，接着，他脸上绽开了笑容。

“我当然另有妙计了。”他说道。

面对罗恩的秘书时，我突然不确定克里斯蒂安的妙计是不是真那么高明了。我身穿夹克，下搭一条素雅的灰色长裤，还把新接的头发别了上去，好让它看起来没那么长。在我身后的客户等候椅上，克里斯蒂安正在翻看一本杂志，假装没注意到我。

他也一身正装，灰西装、意大利手工皮鞋，外加一副墨镜。这正是他的提议：由他扮作已提前预约过的潜在私人客户，正大光明地来到这儿，然后趁我缠住罗恩秘书之际，潜入罗恩的办公室，把藏在保险柜里的文件都复制一份。我只希望我没把密码记错就好。

“我要见罗恩。”我一边直截了当地对加德纳夫人说，一边尽力遏制内心升腾的醋意，因为一个二十几岁穿短裙的尤物正扭着屁股趾高气扬地从克里斯蒂安面前走过。而他一直目送她走开，脖子都快扭断了。男人啊！

“克雷默先生不在。”加德纳夫人无意中为我提供了关键信息。我用眼角的余光看到克里斯蒂安放下了手中的杂志。我深吸一口气。

“我要见他，就现在。”

“他不在，不过一小时后你可以再来试试。”加德纳夫人不为所动，继续打字，好像我是个透明人似的。

“我不相信你，我知道他在！你应该规规矩矩地工作，别满嘴谎言惹我心烦！”

终于，她开始注意我了。她皱眉看着我，而克里斯蒂安已经从我身后的座位上站了起来。我一把抓起加德纳夫人桌上的花瓶，冲着她的键盘倒了个干净。

“你疯了吗？”她慌乱地清理着键盘，可我还没完呢。我挥起胳膊一记横扫，将她桌上的东西荡得片甲不留，文件夹、信件盒、笔，还有所有的文件，全都訇的一声掉到了地上。

罗恩办公室的门关上了。

加德纳夫人瞪大眼睛直愣愣地看着我。

“罗恩现在有空见我了吗？”

她没有回答，而是匆忙在手机上一通狂按。“派两个保安到克雷默先生的办公室来，这儿有个疯婆娘。”她冲着手机尖叫道。可她的援兵还没到，门就先开了。罗恩进来了。这一点我没算计到。他现在应该在用午餐的。按照我们缜密周全的计划，克里斯蒂安应该至少有 10 分钟时间，足够他不慌不忙地为那些文件拍照了。他得手后，会从罗恩办公室的窗户出去。

“你在这儿干什么呢？”我对罗恩厉声道，故意提高嗓门好让克里斯蒂安听到。“你早知道自己不会在这儿，为什么还要我 1 点钟来？我还有比追在你屁股后面更重要的事情要做！”

罗恩和加德纳夫人都惊愕万分地看着我。这并不奇怪，因为罗恩就站在我面前，哪儿都没去。

“你疯了吗？”罗恩率先从那愕然的状态中清醒过来。他身后的门开了，两个穿制服的男人一闪而入。

我猜现在克里斯蒂安只能靠他自己了。

我深吸一口气，斜靠在一棵树上，我们的奥迪车就停在这树荫下。我在等克里斯蒂安，但愿他能及时逃离罗恩的办公室。希望他听见了我的声音。罗恩的办公室在一楼，所以克里斯蒂安跳窗脱逃应该不成问题。

他在哪儿呢？我不安地盯着路过的行人。慢慢的，我的脚开始蠢蠢欲动，因为我迫切地想要离开。罗恩肯定已经通知他的马仔我在这儿了。我们停车的这个小运动场并不好找，不过我还是想尽快离开这个地方。我敢肯定，他们随时会出现在这里。

一个熟悉的身影走了过来。终于！

“你拿到副本了吗？”

“现在不说这个，我们先离开这儿。”不等我回答，克里斯蒂安便钻进车里，发动了引擎。

我沮丧地盯着电脑屏幕，上面显示的数列正随着我手中鼠标的滑动而上下滚动，看似永无止境一般。这堆数字在我如同天书，我只能从中读出罗恩的工作无比乏味。

“你知道这是什么鬼东西吗？”

“是的，你亲爱的罗恩在洗钱，大规模地洗钱。”克里斯蒂安指着一个名字道，“这家伙在俄罗斯黑社会可是鼎鼎有名。”

我费力地吞咽着唾沫。我可不想和俄罗斯黑社会扯上任何关系。

“罗恩还试图中饱私囊，擅自挪用了不少钱。长此以往，终究不是什么明智之举。”克里斯蒂安补充道。

“真的吗？”

“看上去他的投资都很成功。”

“那也不赖啊，那样他就能把钱还回去了。”

“我不认为他有这个心。看看这些转到国外的钱吧。罗恩把他的钱全都集中到开曼群岛的一个账户里了。”

“噢。”

“我猜再过几个星期，他就会从德国消失。”

“这该死的，他要拍拍屁股走人了，而我却不得不留在这儿处理尸体、对付恶棍。”

“你不如这么想吧，过去这几天你给他制造的麻烦是他做梦都没想到的。”

“他不也把这几天变成了我的终级噩梦！”

“总好过坐牢吧。”

“你当然站着说话不腰疼，又不是你在担惊受怕。”我叹口气，放下了笔记本电脑。现在才刚到午后，可我已气力全无了。

“至少，你现在已经掌握了罗恩涉黑的资料。凭这些你就能让他万劫不复。你应该把这些信息交给警察。”

“我宁愿不要把警察扯进来，罗恩的非法勾当还不能证明他就是杀人凶手。那就意味着，我还是铁定会成为警察的主要嫌犯。”我忧郁地咕哝道。

“不用担心。”克里斯蒂安伸出一条手臂绕过我的肩膀，把我搂在了怀里。这个男人真让我抓狂。他就不能发送点清晰的信号吗？我差点就和他痴缠上了，可他竟然不得不一走了之，去取悦另一个女人。他到底是怎么想的？气恼之下，我挣脱他的怀抱，站了起来。

“你要把我搞疯了，你知道吗？”

“又怎么了？”

“没什么，好着呢，我根本不介意我们双双躺在床上时，你突然跳起来赶去服务另一个客户。”我怒气冲冲地奔出房间，爬到客房床上，用毯子蒙住了头。真是幼稚得可以，但我不在乎。我受够了。克里斯蒂安表现出很在乎我的样子，可电话一响他便顿然消失。是时候离开这里，过我自己的生活了。他但凡还有点良心，就应该过来和我道歉，坚称自己没去找其他女人。

可是，他没跟过来。

/43/

我坐立不安，来来回回地踱着步。克里斯蒂安有事离开了，所以我也用不着掩饰自己的神经质了。我必须离开这里，这个公寓实在让我抓狂，我感觉自己就像一个囚犯。另外，我还觉得我们把问题夸大了。莱茵—美茵地区非常大，即便我离开克里斯蒂安的住处，也未必会被罗恩或他的走狗发现。

我可以去溜溜冰或是逛逛商场。

打定主意后，我一溜烟跑到了楼上的客房里。我要去大肆采购一番，这是我应得的。然后我要去巴德索登的女士运动馆，那里不允许男人入内，真是再找不到比那儿更安全的地方了，至少我是这么认为的。我那艳红色的卫裤哪儿去了？一通翻找后，我气恼地收拾着扔在地上的衣服。想到自己成天带着行李箱度日，不觉悲愤交加。咦，床底下有什么东西。这就对了，一定是我的卫裤。

我趴在地上，把卫裤拉了出来。看样子好久都没人打扫床底了，也可能一次都没打扫过。除了我的裤子和几团灰尘外，我还发现了一张塑料卡片，看起来像张信用卡。我瞟了一眼卡片，发现这厮竟然一直在骗我。不仅如此，他还滥用了我的信任。这个无耻的混蛋！

想到我竟然信了他的故事，相信克里斯蒂安是个应召男，我真是气不打一处来。我深信我的愚蠢一定被他当成了大笑话。我真是傻瓜，竟会相信像他这样冰雪聪明的优等生会沦落为付费情人，而我甚至还曾自作多情地以为他很在乎我。

我轻轻一推，把厚厚的信封推进了邮箱。那是给警察的匿名信。我知道这么做有点怯懦，可我不想被当庭审问有没有杀人。有鉴于此，我在信中提到罗恩·克雷默家的花园里埋了一具尸体，还把罗恩和马德琳的照片一并放到了信封里。

完成任务后，我会买张火车票。换做以前，我是不会选乘公共交通工具的，但自从生活变得一团糟后，这似乎反倒成了我出行的必然选择。

我叹了口气，费力地在车厢间穿行，寻找我的座位。前路漫漫，我有的是时间好好考虑自己的将来。当然，我知道警察也会想审问我，不过没那么容易，因为他们得先找到我。而且，我归根结底也只是个不明就里的前女友，没人知道是谁埋掉了那具尸体。

/44/

火车好像开了一辈子才终于到达伊维萨。这座岛是目前我唯一想待的地方。在这里，我可以淹没在熙熙攘攘的游客当中，或是和安娜一起尽情探索。没人能猜到我会再次跑到这里来。

我沉沉地靠在柔软的靠垫上，欣赏伊维萨城的港口美景。与此同时，我注意到自己已异常疲惫。几分钟，我要小憩几分钟。

我醒来时，已近黄昏。我没打算睡这么久的。匆匆去了趟洗手间后，我穿好衣服，沿着旧城的台阶拾级而下，往港口走去。半路上，手机响了。

克里斯蒂安。

真是太糟糕了。

我点击了“拒绝”。就让他挖空心思、绞尽脑汁地去猜我是怎么了吧。

5 分钟后，电话再次响起。我挂断，它再响。我不禁开始考虑，要不要把这破东西扔进水里得了，不过随即还是决定接电话。

事实上，我只是想稍稍折磨他一下罢了。

“你疯了吗？”我接通电话才一毫秒，克里斯蒂安的咆哮声便响彻耳鼓，他八成心情糟透了。我宁愿等他平静下来再说。

我刚挂电话，它又响了起来。

“你现在能正常地和我说话了吗？”

“你疯了，完全、彻底地疯了，你知道吗？”

“不知道，不过如果你不想和我说话，我可以关机。”

他努力平复自己的情绪，我在电话这头都听得出来。接着，他用近乎正常的声音问：“那个，挺有趣的是吧？把一罐喷漆全喷光了，但愿这能博您一笑。”

“弗兰克，动动脑筋，你明知我为你装饰墙壁的原因。”

电话那头没有回答，只传来一声大大的叹息。“叫我克里斯蒂安，拜托。”

“为什么？我们都知道你叫弗兰克，而且我们还都知道你是靠什么赚钱的。”

“没错，但我还有一个名字叫克里斯蒂安。我的朋友们都管我叫克里斯蒂安。”

“你还有朋友？”

他又唉声叹气起来。“不是很多，不过不久前我还一直把你当朋友。告诉我，你是怎么发现的？”

我不急着回答，而是坐了下来，靠在一栋房子的墙上，闭上眼感受它的温暖。“我在客房的床底下发现了你的会员卡，德国侦探联盟。”

克里斯蒂安再度叹息道：“我本来就想告诉你一切的。”

“是的，你当然想了，你还想给我摘月亮、摘星星呢。你比罗恩好不到哪儿去。”

“你在哪儿？我想和你谈谈。”

“你不正在和我谈吗？我在哪儿，和你没关系。”

“塔玛拉，求你了。”

“你会找出我在哪儿的。你智商超群嘛。”我挂了电话，把脑袋往后一仰，头顶的蓝天清澈透亮。想到他站在家里，四壁用红漆喷出的“混蛋”二字都对他怒目而视，我不禁满意地咧嘴笑了。

/45/

第二天，我起得很早，做好早餐拿到了卧室里。如果我想要过上理想的生活，就必须有工作可做。于是我拿出笔记本电脑，连上了网络。然后我给我的前任教练马克写了封邮件，问他滑冰教练一职是不是还为我保留着。接着，我又给奈杰尔发了封邮件，问他今年秋天我还能不能回他的画廊上班。

完成这些后，已时近中午。做了那么多事，我很是满意。我也该休息一下了。幸运的是，玛丽索尔离这儿不远，所以我准备去一趟。

我坐在那里，面前摆放着一盘塔帕[1]。不远处，一艘巨大的渡轮正缓缓泊入棕榈掩映的码头。不一会儿，乘客们纷纷下了船。我紧盯着他们陆续上岸，忍不住在其中搜寻一张熟悉的面孔。傻瓜，我暗暗责备自己，因为我发现自己在等的人正是克里斯蒂安。我内心希望他会跟着我，在我面前卑躬屈膝地乞求原谅。我怎么能这么

---

① 塔帕，一种西班牙美食。

傻？

我摇了摇头，又专心看起报纸来，至少是尽量专心，因为我的思绪总是围绕其他问题转个不停。我需要给妈妈打个电话。我好几天没和她联系了。光是想想这事就让我头疼。我和罗恩确实已经分手，但我没兴趣听她长篇大论地对我今后的生活指手画脚。此前那些天，她隔三岔五就要给我出主意，让我去见见其他男人，尤其是有钱人，说这些人不会只看上我的钱。

不行。和妈妈通话，光是讨论讨论窗帘的颜色就足够让我精疲力竭了。

很遗憾安娜现在不在。我原本希望能见到她的，可她去巴塞罗那了，要一星期后才能回来。她要去拜访几家专卖店，为她的珠宝争取新的商务条款。

所以我在这里是孤家寡人了。我没去海边玩，而是决定好好犒劳一下自己。我要买一套度假公寓。一小时后，我就约了一位房产代理。他要带我去看位于卡拉格拉西奥的一套两居室的公寓。那里离安娜家不远，据说还可以看到非常美的海景。

抬头望着这栋公寓楼，我心中升起一种久违的类似期待的情感。房子就建在一座悬崖上，刚好将那小小的海湾尽收眼底。我的脚还没踏进房门，心里便已涌起了一种感觉：就是它！这正是我要找的房子！

我的感觉没错。往起居室走了没几步，窗外湛蓝如洗、灿若星辰的地中海便映入眼帘。这广袤无垠的蓝从我眼前铺陈开去，蔓延至辽远的地平线。

“我要了。”我说。我伸开双臂在起居室里旋转，大口呼吸着沁人心脾的空气。我真希望克里斯蒂安就在我面前，我想告诉他我有多快乐。想到他，我的笑容慢慢消失了。

我想他了。

傍晚时分，我从酒店式公寓下山往大长廊走去。眼下对西班牙人而言还为时尚早。夜生活还没开始，咖啡店里也没什么人。和煦的微风裹挟着正午的余热，暖洋洋地轻抚着我。沉睡了一下午的城市，慢慢开始生机活现。

我坐在港口一家酒吧里，要了一瓶红酒。一旦醉意朦胧，周围的男人看上去可能就会迷人一些了。酒吧里人气渐旺时，我已经喝掉三杯了。那些会令大长廊生机勃勃的光鲜人士还没出门，不过已经有很多游客涌进老城了。

我的服务生是一个小伙子，长得不算太难看。我给了他一个大大的微笑，可他无动于衷，只是把我的那碟食物放到了我面前。那好吧，就别……

“这里有人坐吗？”一个男声打断了我的思绪，熟悉的男声。克里斯蒂安正站在我面前，冲我咧嘴笑。我的心一阵怦怦狂跳，但这快乐很快便烟消云散了，因为我想起了我还在生他的气。我讨厌撒谎的男人。

“是的，有人坐。”我带着僵硬的微笑回答道，眼睛望向一边。突然间，隔壁桌的三个英国人变成了我这辈子见过的最迷人的男人了。

“很好。”克里斯蒂安拉过一张椅子，坐了下来。

“你没听见吗？”

“我要坐这儿和你谈谈。”

“算了吧。”我气恼地起身，往桌上甩下几张钞票。我得离开这儿，在我变成尖叫的复仇天使之前。

“站住。”

“不。”

“塔玛拉，等一下！”克里斯蒂安一把抓住我的胳膊。我怒气冲冲地转身看着他。

“你和我没有什么好谈的。放开，不然我要大叫了。”

他没有回答，而是把我推到了一栋房子的外墙上，靠墙而立。他单手牢牢地抓住我的两只手腕，俯身过来，像是要亲我一样。

“叫啊。”他低声道。我竭力逃脱他的束缚，可根本动弹不得。我要如其所愿，大声尖叫了。可是他的动作比我更快，我还未及出声，他的一只手已经捂住了我的嘴。

“听我说，”他在我耳边低声道，“如果要我放你走，你得乖乖听话。”克里斯蒂安听上去好像是认真的。他轻轻松开了手。

“如果我不听话，你要怎么办？”我不禁问道。

“我会紧紧抓住你，直到你能听得进道理。”

我交叉双臂抱在胸前，对他怒目而视。他深吸一口气，又握住了我的手。

“来，我请你喝杯酒，然后告诉你一切。”

“我不需要你的谎话。”

“绝无虚言。”克里斯蒂安直视我的眼睛说。我回视着他，试图迫使他率先移开视线、承认自己的不对。可他没帮我这个忙，而是再次俯身将脸凑了过来，嘴角荡漾着一丝微笑。我赶紧把头转向一边。

“你答应要请我喝酒的。”我提醒他。

“你怎么找到我的？”我们在老城区的一家酒吧里找了一张小桌子坐定后，我抛出了第一个问题。和港口那边一样，这里也没多少人。屈指可数的几张空桌全都摆在狭窄的人行道上了，行人在其间艰难地穿行着。

克里斯蒂安默不作声，拿起我的包开始翻找。

“不要告诉我，我又中招了。”

“是的，看上去就是如此。”他洋洋得意地拿起一个小小的 GPS 传送器，举到了灯光下。

我摇了摇头。“我不信。”

“麻烦的是你对昂贵化妆品的不良嗜好，过了很久才有信号传过来。”这男人还是不知道自己说的是史上最昂贵的化妆品。

“这么做是为你的安全着想，真的。”注意到我狐疑的表情，他补充道，“不过这东西很实用，特别是在你销声匿迹之后。”

“若非我现在心境平和，我非杀了你不可。”我叹息道，“我怎么能这么蠢，同一个把戏中招两次？趁我还没彻底心灰意冷之前，告诉我都是怎么回事吧。”

克里斯蒂安舒服地往椅子上一靠，伸直了双腿。

“你的继兄莱因哈德雇用了我们，他想要我们在罗恩进董事会之前对他展开调查。你父亲的银行给我们介绍了基本情况，这是惯例，没什么大不了的，尤其是高职级雇员，他们在上任前都要接受这种调查。”

“这不会违反数据保护或是隐私之类的规定吗？”

克里斯蒂安耸了耸肩。“现如今，这属于正常程序。被调查的人必须事先签署同意书。显然，就连罗恩也签了这样的声明。”

“不太英明啊，他应该知道你们可能会找到证据。”

“我猜他自以为很安全。别忘了，他很精明。如果没有你的帮助，我永远都查不到他的那些账户。在此之前，我都是仅凭猜测、毫无实据。调查工作最初还挺顺利，头几天就有线人给我们提供了一条情报，问题是我们一直没能找到罗恩的犯罪证据。后来，罗恩银行的雇员巴雷利失踪了。不幸的是，我是在你把他的尸体埋进花园以后才听说这事的。”

“我没有埋过什么尸体。”我表示反对，但克里斯蒂安露齿一笑，并不在意我的强辩。

“随你怎么说好了。无论如何，没人能证明。不过……”克里斯蒂安摇了摇头，“如果真有人告诉我，我都不会相信。一位银行家的千金把尸体埋进了花园。”

“你不过是个毫无想象力的闷蛋。”我咆哮道，可克里斯蒂安只是笑笑，继续讲他的故事。

“我从一开始就确定罗恩肯定别有所图，所以着手挖他的老底，但也没找到什么证据。走投无路之下，我开始监视他，不过那是他杀害巴雷利以后的事了。我当时还不知道这桩谋杀案。找不到证据，我感到心灰意冷。若非我们的线人向来可靠，我很可能都会取消这次调查了。不过我坚持下来了，随后便发现罗恩的行为慢慢起了变化。他变得紧张不安，对你的行踪也一无所知。那时我还不知道你和莱因哈德的关系。你们家的人喜欢用不同的姓，这可真是个不幸的癖好。因为罗恩当时已经六神无主了，所以我决定跟踪你，希望能得到更多信息。我开始到处找你。我们在法兰克福的每一间酒店都有联络人，所以没费什么力气就查到你住在梅茵哈顿酒店。联络人给我电话说你在那儿时，还提到你叫了一个应召男。”克里斯蒂安又笑了。

我使劲踹他的小腿。我早该这么教训他了。他拉长脸，仔细检查被我踹过的地方。我心满意足地对他微笑着。

“如果你想知道罗恩怎么样了，那就别踹了。”

“罗恩下地狱也跟我没关系。”

“嘘，嘘……我这才刚要讲到精彩的部分呢。”

“噢，你这么以为？”

“是啊，还是说你不想知道我们共度的第一晚到底发生了什么？”

很遗憾我刚才已经踹过他了，因为此刻我真想再踹一次。他好像能看透我的想法似的，把两条腿挪到了安全的地方。

“很抱歉我放了安眠药，但说真的，我还能怎么做？”

安眠药。难怪我什么都记不得了。“那不算违法吗？给人服用镇静剂，就为了调查她的男朋友？你怎么会那么快就搞到安眠药的？”

“这么说吧，如果这事传出去，我可就失业了。不过没第三人作证，就算你传了也是空口无凭。说到我是怎么搞到安眠药的：我花了一点时间去看望了我爸妈。如果被我妈知道我光顾过她的医药箱，她会杀了我的。”

我不由露出笑颜。“真想见见你妈妈！”

“没问题，如果你不出卖我，我也不会告诉任何人你对那具尸体做了什么。”

这一点我无需费神思考，因为我知道他说得没错。

“那好吧，不过这只是因为我同情你，不是因为我想隐瞒什么啊。”

“当然，我还要继续讲吗？”

“你以为还有什么原因可以让我在这儿和你浪费时间？”我往后一靠，抱起双臂，又向后歪斜着椅子，就和他平日里的动作一模一样。“为什么要伪装？为什么不直接问我，非要冒充应召男呢？”

“我当时还不确定你在整个事件里扮演什么角色，所以就选择了直接让你睡着，然后查看你电脑里的文件，那样更保险。我知道这么说听上去很糟糕，但是时间不等人，而且……”

克里斯蒂安将双手插进头发里，叹了口气。

“那是个愚蠢的主意。我是临时起意的，因为根据我此前的调查，我知道你在吃安眠药。我监听罗恩电话时，他曾提过这事。我以为不会太糟糕，多吃一片不会对你有多大影响。”克里斯蒂安摇了摇头。“我可真傻，我很抱歉。”

沉默在我们之间蔓延开来。我不知道该说什么。克里斯蒂安的行为看似相当冷血，还有失尊重，就好像人类在他眼里微不足道似的。他们是你可以随意下药的人，因为他们已经……我的思路被打断了。我通过克里斯蒂安的眼睛审视我自己：一位涉嫌不法阴谋的银行家的未婚妻，先是人间蒸发，然后又现身一间豪华酒店的高级套房，召牛郎到自己房间，还定期服用安眠药。

换作是我，没准也会那么做，因为我对自己的生活似乎也骤然没什么太高的评价了。

什么人会为准备自己的婚礼而沦落到吃安眠药的地步？然后，还想雇个玩伴。想到我是怎么和前台说的，又是怎么为克里斯蒂安开门、预备掏钱买欢的，我忍不住羞红了脸。

“你还好吧？”克里斯蒂安担心地看着我，我都不知道自己就这么一言不发地在座位上坐了多久了。

“不好，一点都不好，”我答道，“但那不是很重要了。对我而言，还剩下一个问题：谁杀了巴雷利？是罗恩吗？”这个问题里回响着我内心的恐惧，和一个罪犯订婚就够倒霉了，更何况是杀人犯？虽然此刻祷告已经太迟了，但我还是暗自祈祷杀害巴雷利的另有其人。我看了一眼克里斯蒂安，马上停止了内心的祝祷。我知道答案了。

“很抱歉，但就是罗恩。”

我闭上双眼，试图遏制那来势汹汹的感情。根本没用。5 年的美好青春就这样牺牲给了一个骗子、负心汉和杀人犯，而我竟始终浑然不觉，我从没想过罗恩会干这些事，我怎么能这么蠢？

克里斯蒂安搭在我胳膊上的手打断了我的思绪。“这不是你的错。”见我不回答，他用双手捧起我的脸，迫使我看着他的眼睛。“塔玛拉，罗恩就是那样的人，对此你无能为力。”

“可是我早该看出他是个恶魔的。我怎么会和他在一起这么多年，却浑然不觉他有这么邪恶呢？我怎么能爱他呢？”

“塔玛拉，”克里斯蒂安专注地看着我，就好像要用目光穿透我的灵魂似的，“罗恩心理变态，像他这样的人是没有愧疚感的。他觉得自己的所作所为都是正确的。你改变不了这个。相信我。”

尽管听到了他的话，但我不相信。我内心深处已经给自己定了罪，后知后觉的罪。我再次闭了一会儿眼，努力平息内心的狂乱。

“你还有什么没告诉我的吗？”在我的努力又一次沦为徒劳后，我发问道，“罗恩为什么要杀巴雷利？”

“巴雷利快要发现罗恩的阴谋了，那就是他非死不可的原因。”

“我原本希望是出于嫉妒呢。”我可怜兮兮地说道，试图让这话听上去满是嘲讽。

“不，不是因为嫉妒。罗恩找上马德琳不是出于感情，而是另有所图。他想从她那儿刺探消息。他需要她，想从她那里知道巴雷利都掌握了什么。通过她，他能进到巴雷利家里，并借机窥探他的记录。罗恩谋杀巴雷利那晚，她还可以作为不在场证明。罗恩用你的安眠药把她放倒了。”

“为什么我一点也不吃惊呢？”我把头埋进手里，盯着桌面发呆。

“你想回酒店吗？”克里斯蒂安听上去很担心。可我还不能就此作罢。我需要为我脑中所有的问题找到答案。首先，我要知道整件事的来龙去脉。然后，我才能获得安宁……或者再也得不到了。

“我毛衣上的血渍，是罗恩干的，对吧？”

“是的，他……”

“他想把谋杀嫁祸于我。”我替克里斯蒂安把话说完。

“那的确是他的意图，不过你没让他轻易得逞。”

“至少，我做了点什么。”我嘟囔道。

“你让罗恩付出了 10 年的代价，至少。”克里斯蒂安对我咧嘴笑着。他用眼神鼓励我找回勇气。我不自然地笑了笑，心中又确信了一件事情。爱上罗恩，是一个错误。不过我当年不可能知道他是这种人。我不会让他把我击垮的。我不会在自我怀疑和自我谴责中度过余生的，因为我没理由要这样。

“是罗恩匿名报的警。他知道你因为安眠药的缘故会晚起，然后警察会找到尸体，发现血衣，当然还有那把凶器，他也得想办法在上面留下你的指纹，但实际上一切都偏离了他的计划。到中午时，罗恩就已经慌了神了。他不能直接打电话问你那具尸体怎么样了，但你的那条短信让他知道了你在哪儿。他派人去了停车场。那人本来是要撞死你的，因为罗恩决定改选马德琳做替罪羊了。按照他的计划，每个人都会认为你和巴雷利有染，而马德琳出于嫉妒杀了她老公和你。这计划很蹩脚，但是罗恩已经慌不择路了。他不知道你把巴雷利怎么了。他害怕，怕你在警察的帮助下愤而反击，会置他于不利。”

“这该死的。这个挨千刀的谎话连篇的十恶不赦的混蛋，我会杀了他的。”我连珠炮似的一通狂骂，生气的感觉还不赖，总好过这萦绕心头的绝望感。

“是的，自从得知他的阴谋后，我都不介意亲手血刃他。”

“不过，金发哥和兰博哥在酒店里找到我时，他为什么不采取行动？”

“哦，那次啊？那是这个故事中我最喜欢的部分了。”克里斯蒂安大笑起来，又把椅子歪到了后面。“罗恩不能就这么结果了你。首先，他得查出来你对他的钱做了什么手脚。我敢打赌，当他看到自己的账户时一定气疯了。”

自克里斯蒂安开始揭露整个事件以来，我第一次由衷地笑了。“这么说，在我们交往的过程中，我至少还做了一件有用的事。”

不知何故，我感觉好受些了。我爱上了一个心理变态，但最后我也没让他好过，没让他逍遥法外。

“你为什么不早告诉我你是个侦探呢？你应该告诉我是莱因哈德雇了你。”我终于问了他这个一直在烤炙我灵魂的问题。

“我……”克里斯蒂安在椅子上摇晃着，两腿撑地，看似摇摇欲坠。“哦，事实是……”

“克里斯蒂安，你能不能说正题？”

“我想要你和我在一起。”他终于承认了。

“你想要……噢！”我若有所思地看着我的红酒杯。这转折太出人意料了。我已经认定自己又爱上了一个人渣，我已经把自己对克里斯蒂安的感觉驱逐到潜意识的最深处了。

“你要和我一起回法兰克福吗？”

这话让我从美梦中顿然醒悟。毫无疑问，他是想完成他的任务。

“不了，我要在这儿待上一段时间，不过你可以结案收钱了。”我边说边起身。

“等等，”克里斯蒂安握住我的手腕。“塔玛拉，求你了。刚才那句走了样，不是我的本意。”

“那你的本意是什么？”

“我是想问你愿不愿意和我约会，如果你还想再见到我的话。”

我叹了口气，退后一步，从他手中抽回自己的手腕。“克里斯蒂安，我需要时间。我刚刚发现自己爱上了一个杀人凶手和经济罪犯，我显然不太擅长判断男人的品格。”

“我理解，但是你不能让一个错误决定你的一辈子。”

“我不会在这儿待一辈子。我觉得我需要两三个星期考虑一下自己想要什么，什么样的感情适合我，还有，怎样才能重拾信心。”

克里斯蒂安点点头。他看上去有些伤心，这让我很受用。我不确定自己是不是冤枉他了。毕竟，他受雇于我的继兄弟，知道我们家很有钱。

“你怎么买得起法拉利和那样的房子呢？”这问题脱口而出，我甚至来不及多想。对我而言，得知这个问题的答案很重要，就如将一块散落的拼图放回原位，也许会有助于让我了解他是哪种人。

“虽然不愿承认，但我爸妈很有钱。”克里斯蒂安说这话时，始终直视着我的眼睛，片刻不离。突然间，我明白他想告诉我什么了。

我转身离开，尽管身体里的每个细胞都想和他在一起。

/后 记/

我下了车，裹紧夹克朝那房子走去。正值凉爽的 10 月上旬，秋意渐浓，气温渐低。过去的这三个月并不好过。我花了很长时间才接受了我竟然爱过罗恩这种人的事实，再加上媒体的关注——《泰晤士报》的一篇文章绝妙地称我为“杀人犯的新娘”——内忧外患之下，我不得不从德国消失一段时间。我逃到了我在伊维萨的新公寓，过着隐姓埋名的生活，只希望那些夸张的宣传能最终平息下来。

现在，人们对我的兴趣已经消失殆尽。感谢上帝。

我不情愿地抬手去按门铃。选择这个点儿来，我是费了些心思的，但我不知道他是否在家。没等我按下门铃，门就开了。

“看上去你最爱的时间还是凌晨 3 点。”克里斯蒂安倚在门口说道。尽管时近黎明，但他看上去毫无睡意，倒像是已经睡醒了一般。

我没有接话，而是摊开手掌，向他伸了过去。手心里有个东西闪闪发亮，是我随身携带了三个月的 GPS 传送器，虽然明知克里斯蒂安一直在跟踪我的一举一动。

他接过传送器。“你为什么留着它？”

我耸耸肩，谎称：“不知道。”事实是，这小小的设备就像一条连接我和他的脐带，我不想把它丢掉。

“你说谎的本事一直让人不敢恭维。”他评论着，把我拥进怀里。“我很想你。”他在我耳边低语。

“我也想你，每天都想。”

“很好，”他一脚把门踢上，“你都考虑清楚了？”

“三个月呢。”

“应该够久了。”

克里斯蒂安握住我的手，拉着我沿走廊往楼梯走去，可半路上他又回转身来。

这一吻绵长悠远，似是要待到天荒地老。我忘了时间流逝，也忘了身在何处。我用胳膊缠住他的脖子。我可不想再让他溜走了。

他的电话。没响，但发出了奇怪的声音。

克里斯蒂安没中断我们的热吻，单手从口袋里掏出手机输入着什么。沉默。

“咱们上楼去吧。”他一边低声说，一边从我的下颚一路吻到领口。

“好主意。”

我们所过之处散落着件件衣物。我的 T 恤、他的衬衣、他的牛仔裤。

电话响了。

“挨千刀的！”

“别担心，只不过是个反馈信号。”克里斯蒂安喃喃地说。我不知道那是什么意思，不过我才不管它是什么意思呢。

然后，终于，我们躺在了他的床上，紧紧地缠在一起。

我喘息着说了声“等一下”，转身在他的床头柜上搜寻，终于发现了那部他必须接听的手机。水花飞溅，它沉入一杯水中，妥妥地在玻璃杯底着陆。

“你疯了吗？我需要它！”

“不再需要了。”我对自己的举动相当满意，开始脱掉牛仔裤。

“不要碰我的 iPhone！”看到他手里拿着的东西，我喘息道。可还未及出手制止，我最爱的手机便已经和他的那部在玻璃杯里比翼双飞了。

“我会给你买部新的。”对上我的眼神后，他咧嘴笑了。“我保证！”

“好吧，现在我们能好好享受二人世界了吧？”

“当然。”克里斯蒂安俯身亲吻我。突然间，手里会不会再握有一部 iPhone 已不再重要。我得赶紧检查一下克里斯蒂安是不是真有做应召男的天分。

图书在版编目（CIP）数据

阴谋与爱情 / (德) J.B.卞若琳著；李娜，李倩译
. -- 天津：天津人民出版社，2019.6
ISBN 978-7-201-14311-8

Ⅰ. ①阴… Ⅱ. ①J… ②李… ③李… Ⅲ. ①推理小说—中国—当代 Ⅳ. ①I561.45

中国版本图书馆CIP数据核字(2018)第293192号

著作权合同登记号：图字 02-2018-265 号

阴谋与爱情
YIN MOU YU AI QING
[德] J.B.卞若琳 著 李娜，李倩 译

出　　版 天津人民出版社
出 版 人 刘　庆
地　　址 天津市和平区西路西康路35号康岳大厦
邮政编码 300051
联系电话 022-23332469
网　　址 http://www.tjrmcbs.com
电子邮箱 tjrmcbs@126.com

责任编辑 赵子源
产品经理 汪德均
封面设计 戈梦华

印　　刷 天津旭丰源印刷有限公司
经　　销 新华书店
开　　本 880×1230 毫米　1/32
印　　张 8
字　　数 170 千字
版次印次 2019 年 6 月第 1 版　2019 年 6 月第 1 次印刷
定　　价 39.80 元